CATALOGUE
DES LIVRES

PRINCIPALEMENT SUR LES

BEAUX-ARTS & LA BIBLIOGRAPHIE

COMPOSANT LA BIBLIOTHÈQUE

DE FEU M. J.-F. MAHÉRAULT

ANCIEN CONSEILLER D'ÉTAT

DONT LA VENTE AURA LIEU

Le Mardi 9 *Décembre* 1879, *et jours suivants*,

A 7 HEURES 1/2 PRÉCISES DU SOIR

Rue des Bons-Enfants, 28 (maison Silvestre)

Salle N° 1

PAR LE MINISTÈRE DE

Me CHARLES PILLET	Me MAURICE DELESTRE
Commissaire-Priseur	Commissaire-Priseur
10, rue Grange-Batelière, 10	**27, rue Drouot, 27**

PARIS
ADOLPHE LABITTE
LIBRAIRE DE LA BIBLIOTHÈQUE NATIONALE
4, Rue de Lille, 4

1879

ŒUVRE DE MOREAU LE JEUNE

CATALOGUE DESCRIPTIF ET RAISONNÉ

Par MARIE-JOSEPH-FRANÇOIS MAHÉRAULT

ANCIEN CONSEILLER D'ÉTAT

PREMIÈRE PARTIE

PIÈCES GRAVÉES PAR MOREAU D'APRÈS DIVERS ARTISTES OU D'APRÈS SES COMPOSITIONS, SOIT ENTIÈREMENT, SOIT A L'EAU-FORTE SEULEMENT, ET TERMINÉES PAR D'AUTRES

1re *Section.* Gravures de Moreau d'après ses compositions :
- 1° Ouvrages illustrés. Livres dits à figures;
- 2° Portraits;
- 3° Armoiries, adresses, billets de bal et de concerts, cartes d'entrées, écrans, encadrements de portraits, têtes de lettres, titres de livres, *ex libris.*
- 4° Pièces isolées.

2e *Section.* Gravures de Moreau d'après divers artistes.

3e *Section.* Pièces dont il n'a pas été possible de reconnaître si elles ont été gravées à l'eau-forte par Moreau, ou seulement dessinées par Moreau et gravées par d'autres artistes.

DEUXIÈME PARTIE

PIÈCES GRAVÉES D'APRÈS LES DESSINS DE MOREAU PAR DIVERS GRAVEURS

1re *Section.* Gravures pour l'ornement des livres. Illustrations.

2e *Section.* Portraits.

3e *Section.* Adresses, armoiries, billets de bal, de concerts, de spectacles, cartes de fonctionnaires, cartouches, écrans, encadrements, têtes de lettres, titres de livres.

4e *Section.* Pièces isolées.

5e *Section.* Recueils de gravures. Ouvrages dits à figures.

6e *Section.* Gravures sans titres et vignettes sans destination connue.

SUPPLÉMENT

DESSINS GRAVÉS OU INÉDITS

1 beau volume grand in-8. *Papier de Hollande*. . . . . . 20 fr.
— *Papier Whatman*, tiré à 50 exemplaires. . 40 fr.

On souscrit d'avance à cet ouvrage, qui sera rapidement épuisé.

Paris. — Typographie G. Chamerot, rue des Saints-Pères, 19. — 8726.

CATALOGUE

DES LIVRES

COMPOSANT LA BIBLIOTHÈQUE

DE FEU M. J.-F. MAHÉRAULT

ORDRE DES VACATIONS.

PREMIÈRE VACATION. — MARDI 9 DÉCEMBRE 1879.

	Numéros.
Beaux-Arts	1 — 179

DEUXIÈME VACATION. — MERCREDI 10.

Beaux-Arts..	180 — 374

TROISIÈME VACATION. — JEUDI 11.

Beaux-Arts, Sciences et Arts, Belles-Lettres...........	375 — 573

QUATRIÈME VACATION. — VENDREDI 12.

Belles-Lettres, Histoire..............................	574 — 773

CINQUIÈME VACATION. — SAMEDI 13.

Bibliographie	774 — 944

LIVRES EN LOTS.

CONDITIONS DE LA VENTE.

La vente se fait au comptant.

Les acquéreurs paieront cinq pour cent en sus des enchères applicables aux frais.

Il y aura exposition, chaque jour de vente de 2 à 4 heures.

Le libraire chargé de la vente, remplira les commissions des personnes qui ne pourraient y assister.

CATALOGUE
DES LIVRES

PRINCIPALEMENT SUR LES

BEAUX-ARTS & LA BIBLIOGRAPHIE

COMPOSANT LA BIBLIOTHÈQUE

DE FEU M. J.-F. MAHÉRAULT

ANCIEN CONSEILLER D'ÉTAT

DONT LA VENTE AURA LIEU

Le Mardi 9 *Décembre* 1879, *et jours suivants*,

A 7 HEURES 1/2 PRÉCISES DU SOIR

Rue des Bons-Enfants, 28 (maison Silvestre)

Salle N° 1

PAR LE MINISTÈRE DE

Me CHARLES PILLET	Me MAURICE DELESTRE
Commissaire-Priseur	Commissaire-Priseur
10, rue Grange-Batelière, 10	**27, rue Drouot, 27**

PARIS
ADOLPHE LABITTE
LIBRAIRE DE LA BIBLIOTHÈQUE NATIONALE
4, Rue de Lille, 4

1879

CATALOGUE
DES LIVRES
PRINCIPALEMENT SUR LES BEAUX-ARTS
ET LA BIBLIOGRAPHIE
COMPOSANT LA
BIBLIOTHÈQUE DE FEU M. J.-F. MAHÉRAULT
ANCIEN CONSEILLER D'ÉTAT

BEAUX-ARTS.

GÉNÉRALITÉS.

1. Dictionnaire de l'Académie des Beaux-Arts. *Paris*, *F.-Didot*, 1858-78, 2 vol. gr. in-8, planches, demi-rel. chag. vert, dorés en tête, éb. et 5 fasc. br. formant le tome 3e et la 1re livr. du tome 1er.

2. Gazette des Beaux-Arts, courrier européen de la curiosité. *Paris*, années 1859 à 1879, env. 200 livr. gr. in-8, planches gr. à l'eau-forte, vig. fleurons et culs-de-lampe sur bois, etc.

Il manque quelques livr. dans les années suivantes :
Années 1862, manque le 1er semestre et la livr. d'octobre;
— 1864, il n'y a que 2 liv. sept. et oct.
— 1865, manque août et oct. à décembre.
— 1866, seulement janv.
— 1867, manque le 1er semestre.
— 1870, manque oct. à décembre.
— 1871, manque janv. à octobre.
— 1879, manque juin à septembre.

3. Le Cabinet de l'Amateur et de l'Antiquaire, revue. *Paris*, 1842-46, 4 vol. in-8, figures, cart. tête jasp. non rogné.

4. Bulletin de l'Alliance des Arts, sous la direction de MM. P. Lacroix et T. Thoré. *Paris, juin* 1842 *à mars* 1848, 6 vol. in-8, cart. non rogné.

5. Revue universelle des Arts, publiée par M. P. Lacroix (bibliophile Jacob). *Paris, France, Bruxelles, Labroue*, 1855 *à* 1866, 41 livr. et 15 vol, in-8, br.

Les tomes 1 à 7 et 23, sont en livraisons.

Il nous manque dans la 2e année, 1856, 3e volume, le no 3, et dans le 4e vol. les nos 8, 9 et 10.

Dans la 12e année : 1866, 23e vol. le texte de la page 1 à la page 26 inclus, manque ; il n'a paru que 3 livraisons de ce volume.

6. Curiosités de l'histoire des Arts, par P. L. Jacob (Paul Lacroix). *Paris, Ad. Delahays*, 1858, in-12, cart. jasp. non rogné.

7. Manuel de l'histoire de l'Art chez les anciens, par le comte de Clarac. *Paris, J. Renouard*, 1847, 2 vol. in-12, cart. non rogné.

8. Bibliothèque de peinture, de sculpture et de gravure, par M. Christ.-Thé. de Murr. *A Francfort et Leipzig, chez J.-P. Krauss*, 1770, 2 tomes en 1 vol. in-12, veau ant. marb.

9. Almanach des Beaux-Arts : peinture, sculpture, architecture et gravure pour l'an XII, 1803. *A Paris, chez C.-P. Landon*, in-12, front. gr. cart. tête jasp. non rogné.

10. Les Chefs-d'œuvres de l'art chrétien, par J.-G.-D. Armengaud. *Paris, Lahure imp.* 1858, in-4, vig. et nomb. gr. sur bois dans le texte, titre imp. en rouge, bleu et noir, cart. tranche dorée.

11. Le Livre des peintres et graveurs, par Michel de Marolles, nouvelle édition revue par M. G.

Duplessis. *A Paris, chez P. Jannet,* 1855, in-12, cart. non rogné.

12. Cabinet des singularitez d'architecture, peinture, sculpture et graveure, etc., par Florent le Comte. *A Brusselles, chez L. Marchant,* 1702, 3 vol. in-12, front. gr. veau ant.

13. Dictionnaire pittoresque et historique, ou Description d'architecture, peinture, sculpture, gravure..., par M. Hébert. *Paris, A. Herissant,* 1766, 2 vol. in-12, cart.

14. Description de l'Académie royale des arts de peinture et de sculpture, par feu M. Guérin. *A Paris, chez J. Collombat,* 1715, in-12, planches, veau marb. tr. dor.

15. Notices historiques sur les anciennes académies royales de peinture, sculpture de Paris, et celle d'architecture, etc. par Deseine, statuaire. *Paris, chez Le Normant,* 1814, in-8, demi-rel. bas.

16. Mémoires pour servir à l'histoire de l'Académie royale de peinture et de sculpture, depuis 1648 jusqu'en 1664, publiés par Anat. de Montaiglon. *A. Paris, chez P. Jannet,* 1853, 2 vol. in-12. cart. non rogné.

17. Procès-verbaux de l'Académie royale de peinture et de sculpture, 1648-1792, publiés par M. Anat. de Montaiglon. *Paris, Baur,* 1875, 2 vol. in-8, br.

18. L'Académie royale de peinture et de sculpture, étude historique, par L. Vitet. *Paris, M. Lévy,* 1861, in-8, demi-rel. v. f. tête jaspée, non rogné.

19. Réflexions sur la peinture et la gravure, accompagnées d'une courte dissertation sur le commerce de la curiosité et les ventes en général, par C.-F. Joullain. *Paris,* 1786, in-12, cart.

20. L'Art considéré comme le symbole de l'état social, ou Tableau historique et synoptique du développement des beaux-arts en France, par L. Dussieux. *Paris, Aug. Durand*, 1838, gr. in-8 de 92 pp. cart. non rogné.

21. L'Artistaire, livre des principales initiations aux beaux-arts : la peinture, la sculpture, l'architecture, la poésie, la musique, la mimique et la gymnastique, par Paillot de Montabert. *Paris, Alex. Johanneau*, 1855, in-8, portr. br.

22. Philosophie des Beaux-Arts appliquée à la peinture, par D. Seitter. *Paris, J. Tardieu*, 1858, in-8, demi-rel. veau r. tête jasp. non rogné.

23. Grammaire des arts du dessin, architecture, sculpture, peinture, etc., par M. Ch. Blanc. *Paris, J. Renouard*, 1867, gr. in-8, nombr. gr. dans le texte, br.

24. Histoire de la caricature et du grotesque dans la littérature et dans l'art, par Th. Wright, traduite par Oct. Sachot, éditée par Am. Pichot. *Paris*, 1867, gr. in-8, nombr. gr. sur bois dans le texte, cart. non rogné.

25. La France littéraire ou les Beaux-Arts, contenant les noms et les ouvrages des gens de lettres, des sçavans et des artistes qui vivent actuellement en France. *A Paris, chez Duchesne*, 1756, pet. in-12, cart. tr. jasp.

26. Abecadario de P.-J. Mariette et autres notes inédites de cet amateur sur les arts et les artistes, ouvrage publié par MM. Ph. de Chennevières et A. de Montaiglon. *Paris, Dumoulin*, 1851-1860, 6 vol. in-8, cart. tête jasp. non rogné.

27. Archives de l'art français, recueil de documents inédits relatifs à l'histoire des arts en France, publié sous la direction de Ph. de Chennevières.

Paris, Dumoulin, 1851-60, 6 vol. in-8, cart. tête jasp. non rogné.

28. Nouvelles Archives de l'art français, recueil de documents inédits publiés par la Société de l'Histoire de l'art français. *Paris, J. Baur,* années 1872 à 1878, 7 vol. in-8, br.

29. Histoire de l'Art en France, recueil raisonné et annoté de tout ce qui a été écrit et imprimé sur la peinture, la sculpture, l'architecture et la gravure françaises, depuis leur origine jusqu'à nos jours, par Poussin, Félibien, Mignard, Delécluze, Vitet, A. Houssaye, etc., etc. *Paris, F. Sartorius, s. d.* in-8, cart. non rogné.

Première série.

30. Voyage artistique en France, etc., par Léonce de Pesquidoux. *Paris, M. Lévy,* 1857, in-12, cart. non rogné.

31. L'Art du dix-huitième siècle, par Ed. et J. de Goncourt. *Paris, Dentu,* 1859-1875, 12 fasc. in-4, portr. et figures, gr. à l'eau-forte, br.

32. Histoire de l'art pendant la révolution, considéré principalement dans les estampes, ouvrage posthume de J. Renouvier, suivi d'une étude, du même sur J.-B. Greuze, avec une notice biographique et une table, par Anat. de Montaiglon. *Paris, J. Renouard,* 1863, in-8, demi-rel. chag. v. doré en tête, éb.

33. Sur la situation des Beaux-Arts en France, ou Lettres d'un Danois à son ami, par T. C. Bruun-Neergard. *A Paris, an IX,* 1801. — Mémoire sur les collections de tableaux et de dessins, et particulièrement sur celle de dessins des artistes modernes que j'ai formée, par Bruun-Neergaard. *Paris, F.-Didot,* 1812, 16 pp. Ens. 2 ouvr. réunis en 1 vol. in-8, demi-rel. chag. viol. tête jaspée, non rogné.

34. Rapport sur les Beaux-Arts, présenté à l'Empereur par la classe des Beaux-Arts de l'Institut (séance du Conseil d'État, du 5 mars 1808), in-4, br.

L'impression de ce rapport n'a jamais été terminée.

35. Rapport du jury des Beaux-Arts. *Paris, Impr. impér.* 1810, in-4 de 44 pp. demi-rel. veau f.

36. Statistique des Beaux-Arts en France, annuaire des artistes français, par M. Guyot de Fère, *Paris,* 1835, in-8, cart. éb.

37. Lettres d'un artiste sur l'état des arts en France, publiées par P.-N. Bergeret. *Paris,* 1848, in-8, br.

38. Lettres écrites de la Vendée à M. Anat. de Montaiglon, par Benjamin Fillon. *Paris, Tross,* 1861, in-8, front. gr. cart. non rogné.

39. Souvenirs de soixante années, par Et.-J. Delécluze. *Paris, M. Lévy.* 1862, in-12, demi-rel. v. f. tête jasp. non rogné.

40. Critiques d'art et de littérature, par le comte L. Clément de Ris. *Paris, Didier,* 1862, in-12, cart. non rogné.

41. Études critiques sur l'administration des Beaux-Arts en France, 1860 à 1870, par Em. Galichon. *Paris,* 1871, in-8, cart. non rogné.

42. Manuel de l'Amateur des arts dans Paris, pour 1824, par C. Harmand. *Paris,* 1824, in-12, cart. non rogné.

43. Essais sur l'organisation des arts en province, par Ph. de Chennevières. *Paris, J.-B. Dumoulin,* 1852, in-12 carré, demi-rel. chag. la Vallière.

44. L'Art vénitien : architecture, sculpture, peinture, par Aug. Boullier. *Paris, Dentu,* 1870, in-8, broché.

45. Des opinions de M. Taine sur l'art italien, par H. Delaborde. *Paris,* 1866. — Le Département des estampes, par G. Duplessis. *Paris, Claye,* 1860. — Les Dernières Lettres de Prud'hon à sa fille. *Paris,* 1874. — Pompéi et les Antiquités du Vésuve, par L. de Ronchaud. *Paris,* 1861. Ens. 4 br. gr. in-8.

46. L'Art, les Artistes et l'Industrie en Angleterre, discours prononcé devant la Société des arts de Londres, par Th. Silvestre. *Londres,* 1859, in-12 cartonné.

Extrait du *Journal of the Society of Arts.*

47. The History of the Royal Academy of arts from its foundation in 1768, to the present time with biographical notices of all the members, by W. Sandly. *London,* 1862, 2 vol. in-8, cart. non rogné.

48. Les Beaux-Arts dans les deux mondes en 1855, par M. Delécluze. *Paris, Charpentier,* 1856, in-12, demi-rel. veau f. tête jasp. non rogné.

49. Mélanges sur l'art contemporain, par le Ve H. Delaborde. *Paris, J. Renouard,* 1866, in-8, cart. éb.

50. Mélanges sur les Beaux-Arts, par N. Ponce. *Paris, Leblanc,* 1826, in-8, cart. tête jasp. n. r.

51. Brochures sur les Beaux-Arts, environ 10 brochures in-8.

Les Fresques de Raphaël, provenant de la Magliana, 1873. — Les Apocryphes de la peinture de portrait. *Paris,* 1849. — Les Peintres européens en Chine. *Paris,* 1856. — L'Ane qui prend la peau du lion. *Paris,* 1868. — Marengo et ses monuments. *Paris,* 1854, etc., etc.

52. Mélanges, Beaux-Arts, Éloges et autres monographies, 10 broch. in-8.

Jacopo de Barbarj, par Em. Galichon. — J. de Laborde et ses fils, par P. Lacroix. — Éloge de Vauvenargues, par Gilbert. — Sur la Mort de lord Byron, par Walter Scott. — Mme de Montespan et Louis XIV. — Th. Vibert. Notice sur sa vie et ses ouvrages, par Thévenot. — Étude sur de Tournemine, peintre. — Vie militaire de Mgr le duc d'Orléans, par A. Pascal, etc.

53. Mélanges sur le dessin, la peinture et l'art statuaire, etc., 10 broch. in-8.

Essai sur le dessin et la peinture à Angoulême. — Le Théâtre et l'Architecte, par Trélat. *Paris*, 1860. — Liste de portraits omis dans le P. Lelong, par S. Lieutaud. *Paris*, 1844. — Notice sur la sculpture navale, etc., du port de Toulon, par V. Brun. *Toulon*, 1861. — Entretiens sur la théorie de la peinture, par Voiart. — Le Dessin sans maître, par Mme Cavé. *Paris*, 1850, etc., etc.

54. Annuaire des Artistes et des Amateurs, publié par P. Lacroix. *Paris, J. Renouard*, années 1860, 1861 et 1862, 3 vol. in-8, portr. et figures sur bois, demi-rel. avec c. mar. vert, dorés en tête, non rognés.

55. Causeries d'un curieux, variétés d'histoire et d'art, tirées d'un cabinet d'autographes et de dessins, par J. Feuillet de Conches. *Paris, H. Plon*, 1862-64, 4 vol. in-8, fac-simile, demi-rel. vél. non rognés.

MUSÉES.

56. Galerie du Musée Napoléon, publiée par Filhol, graveur, et rédigée par Lavallée (J.). *Paris, chez Filhol*, an XII-1804-1808, 11 vol. gr. in-8, planches, demi-rel. avec c. mar r. non rog. (*Purgold*.)

57. Catalogue raisonné des tableaux du Roy, avec un Abrégé de la vie des peintres, par M. Lépicié. *A Paris, de l'Impr. royale*, 1752, in-4, dérelié.

Tome Ier, contenant l'École florentine et l'École romaine.
Mouillures et raccommodages au titre.

58. Lettre à M. Darreste sur le Louvre, la Bibliothèque et l'Opéra, par F. Grille. *Paris, Techener*, 1847, br. in-8 de 36 pages.

59. Notice des dessins, peintures, émaux, etc., exposés au Musée royal. *Paris*, 1820, in-12, cart.

60. Musée du Louvre. — Notice des tableaux, par

Fr. Villot. *Paris*, 1849-55, 3 vol. — Notice des tableaux, etc., par Fr. Villot. *Paris*, 1864 (1re partie, 5e édition : Écoles d'Italie et d'Espagne.) — Notice des tableaux (par le même). *Paris*, 1864 (1re partie, 14e édition : Écoles d'Italie et d'Espagne). Notice des tableaux légués au Musée par M. L. Lacaze. — Notice des tableaux...., par le Vte Both de Tauzia. *Paris*, 1877. (1re partie : Écoles d'Italie et d'Espagne). Ensemble, 7 vol. pet. in-8, brochés.

61. Notice des tableaux exposés dans les galeries du Musée national du Louvre, par Fr. Villot. *Paris, Vinchon*, 1849-55, 3 vol. in-8, brochés.

Exemplaire sur GRAND PAPIER DE HOLLANDE. Le tome Ier est cartonné.

62. Essai d'une analyse critique de la notice des tableaux du Musée national du Louvre, par Otto Mundler. *Paris, F.-Didot*, 1850, in-12, broché.

63. Notice des antiquités, objets du moyen âge, de la renaissance et des temps modernes composant le musée des souverains, par H. Barbet de Jouy. *Paris*, 1866, in-12, cart. éb.

64. Musée du Louvre. — Notice des émaux...., par M. de Laborde. *Paris*, 1852-53, 2 vol. — Notice des bois sculptés, terres cuites, miniatures, etc., par A. Sauzay. *Paris*, 1864. — Don de M. et Mme Ph. Lenoir. *Paris*, 1874. Ensemble, 4 vol. ou br. in-12 et in-8.

65. Musée du Louvre. — Notice des dessins, cartons, pastels, etc., exposés au Musée impérial du Louvre, par Fr. Reiset. *Paris*, 1866-69. — Description des sculptures modernes, par H. Barbet de Jouy. *Paris*, 1855. — Notice de la sculpture antique, par Fröhner. *Paris*, 1870 (1er volume). Description des sculptures du moyen âge et de la renaissance, par H. Barbet de Jouy. *Paris*, 1875-76, 2 br. Ensemble, 6 vol. ou br. in-12, br.

66. Musée Napoléon III. — Notice sur les vases vases peints et à reliefs. *Paris*, *F.-Didot, s. d.* — Notice des tableaux, par Fr. Reiset. *Paris,* 1863. — Catalogue des tableaux, des sculptures de la renaissance et des majoliques. *Paris*, 1862. — Catalogue des bijoux. Paris, 1862. Ensemble, 4 vol. ou br. in-12.

67. Catalogue des planches gravées composant le fonds de la chalcographie et dont les épreuves se vendent dans cet établissement au Musée national du Louvre. *Paris, Vinchon,* 1851, in-4, cartonné.

68. Musée du Louvre. — Catalogue des planches gravées composant le fonds de la chalcographie. *Paris,* 1860. — Le même, cart. — Supplément au catalogue..... *Paris*, 1867. — Ensemble, 2 vol. in-8, plus 1 brochure.

69. Le Département des estampes à la Bibliothèque nationale. Notice historique, suivie d'un catalogue des estampes exposées dans les salles de ce département, par le Vte H. Delaborde. *Paris, Plon,* 1875, in-12, cart. tête jasp. non rogné.

70. Les Musées de province, par M. le Cte Clément de Ris. *Paris, J. Renouard*, 1859, 2 vol. in-8, cart. non rognés.

71. Notice historique des peintures et des sculptures du palais de Versailles. *Paris*, 1837, in-12, demi-rel. veau bl. tr. marbrée.

72. Notice du Musée impérial de Versailles, par Eud. Souiié. *Paris, Ch. de Mourgues,* 1859-61, 3 vol. in-12, demi-rel. chag. vert.

73. Notices des tableaux placés dans les appartements du palais royal de Fontainebleau. *Paris*, 1837. — Notice historique et descriptive sur la galerie d'Apollon, au Louvre, par Ph. de Chennevières. *Paris,* 1851. 2 plaq. in-12, cart.

74. Catalogue des tableaux, statues et dessins exposés au musée d'Orléans. *Orléans, Herluison,* 1876, in-12, broché.

Exemplaire sur papier de Hollande.

75. Catalogue des objets d'art exposés au musée de Rouen. 1837, in-12, demi-rel. bas.

76. Observations sur le musée de Caen et sur son nouveau catalogue, par Ph. de Chennevières-Pointel. *Argentan,* 1851, in-4 de 52 pp. fig. cart. non rogné.

77. Notice des tableaux, bas-reliefs et statues exposés dans les galeries du musée des tableaux de Lille, par Ed. Reynart. *Lille,* 1850, in-8, broché.

78. Notice des tableaux et figures exposés au musée de la ville de Bordeaux. *S. d.,* in-12 de 75 pp. demi-rel. v. vert.

79. Notice des tableaux et autres objets d'art exposés au musée Fabre, de Montpellier. *A Montpellier,* 1830, in-12 de 71 pp. cart. non rogné.

80. Réunion de catalogues de collections publiques. 12 vol. in-8, brochés.

Musée de Grenoble, 1844. — Musée de Lyon, 1842. — Musée de Marseille, 1851. — Faculté de médecine de Montpellier, 1830. — Musée de Nimes, 1844 et 1848. — Musée de Lille, 1862. — Musée de Nimes, 1858. — Musée historique lorrain, à Nancy, 1852, etc.

81. Les Trois Musées de Londres...., par H. de Triqueti. *Paris,* 1861, gr. in-8, cart. éb.

82. Trésors d'art en Angleterre, par W. Bürger. *Paris, J. Renouard,* 1865, in-12, broché.

83. Descriptive and historical Catalogue of the pictures in the National Gallery : with biographical notices of the deceased painters, by R.-N. Wornum. *London,* 1857, in-8, cart. éb.

84. International Exhibition 1862. — Official Catalogue of the fine art department. *London.* — Des-

criptive and historical Catalogue of the pictures in the National Gallery, by Ralph-N. Wornum. *London*, 1862. 2 vol. in-8, cartonnés.

85. Descriptive and historical catalogue of the pictures in the National Gallery : with biographical notices of the painters, foreign schools, by Ralph-N. Wornum. *London*, 1862, in-8, cart.

86. Trésors d'art exposés à Manchester en 1857 et provenant des collections royales, des collections publigues, et des collections particulières de la Grande-Bretagne, par W. Burger. *Paris, J. Renouard*, 1857, in-12, broché.

SALONS.

87. Notes et documents inédits sur les expositions du XVIIIe siècle, recueillis et mis en ordre par J. Guiffrey. *Paris, J. Baur*, 1873, in-12, broché.

88. Table générale des artistes ayant exposé aux Salons du XVIIIe siècle, suivie d'une table de la bibliographie des Salons précédée de notes sur les anciennes expositions et d'une liste raisonnée des Salons de 1801 à 1873, par J.-J. Guiffrey. *Paris, Baur*, 1873, in-12, broché.

89. Collection des livrets des Salons (*en éditions originales*), publiées à Paris de 1673 à 1879, en 86 vol. in-12, cart. ou reliés.

Ce sont les années suivantes :
1673 (réimpression donnée par A. de Montaiglon, en 1852), 1737 à 1743, 1745 à 1748, 1750, 1751, 1753, 1755, 1757 (*un double*), 1759, 1761, 1763, 1765, 1767 (*un double*), 1769 (*un double*), 1771, 1773, 1775, 1777 (*un double*), 1779, 1781, 1783, 1785, 1787, 1789, 1791, 1793 (*un double*), 1795, 1796, 1798, 1799, 1800, 1801, 1802, 1804, 1806, 1808, 1810, 1812, 1814, 1817, 1819, 1822, 1824, 1827, 1831, 1833 à 1837 (*un double pour* 1837, *en mar. viol. tr. dorée, rel. par Ginain*), 1838 à 1844 (*un double pour* 1838, *rel. en mar. viol. tr. dorée, par Ginain, et un pour* 1844, *rel. par le même*), 1845 à 1850, 1852, 1853, 1855, 1857, 1859, 1861, 1863 à 1870, et 1872 à 1879.

90. Collection des livrets des anciennes exposi-

tions, etc. *Paris, Liepmannsohn*, 1869-70, 3 br. in-12.

Salon de 1699. — Salon de 1704. — Salon de 1765. Livret de l'Exposition au Colisée (1776). *Paris, Baur*, 1875, br. in-12.

91. Lettres patentes du Roy, qui approuvent et confirment les nouveaux statuts de la communauté et académie de Saint-Luc, de peinture, sculpture de la ville, fauxbourgs et banlieüe de Paris, avec les sentences, arrêts et reglemens concernant ladite communauté, réimprimés à la diligence de MM. Jean-Denis Coullonjon, J.-B. Chevillon, P. Bunelle et J.-J. Adan. *A Paris, de l'impr. de d'Houry*, 1753, in-4, front. gr. cartonné.

92. Livrets des expositions de l'Académie de S'-Luc, à Paris, pendant les années 1751, 1752, 1753, 1756, 1762, 1764 et 1774. *Paris, Baur et Détaille*, 1872, in-12, cart. éb.

93. Explications des peintures, sculptures et autres ouvrages de Messieurs de l'Académie de S'-Luc. *Paris*, 1764, in-12 de 24 pp. dérel.

94. Description sommaire des ouvrages de peinture, sculpture et gravure exposés dans les salles de l'Académie royale, par M. D***. *A Paris, chez de Bure*, 1781, in-12, front. gr. veau marb. fil.

95. Diderot. — Le Salon de 1765. Essai sur la peinture, 1 vol. — Le Salon de 1767, 2 vol. — Supplément aux Œuvres de Diderot, contenant les Voyages de Hollande ; — Salons de 1761 et 1769, etc., etc. — *Paris*, 1798-1819. Ensemble, 4 vol. pet. in-8, cartonnés.

Ce sont les tomes XIII, XIV et XV des Œuvres.

96. Les Salons de 1763, 1769, 1771, 1775 et 1781, par Diderot. 5 part. réunies en 1 vol. in-8 cart. non rogné.

Extraits des tomes XXXVIII et XXXIX de la *Revue de Paris*.

97. Société des Amis des arts. — Explication des

peintures, sculptures et gravures exposées cette année. *Paris, Didot*, 1790, plaq. in-8 de 14 pp. cartonné.

98. Livrets des expositions faites au Musée central des arts, etc., 12 vol. in-12, brochés.

An V, an VII, an IX, an X, an XI, 1807 (objets d'art conquis par la Grande Armée), 1811, 1814, 1815, 1817, 1820 et 1838.

99. Livrets des expositions faites au musée du Luxembourg, 33 vol. in-12, brochés.

Années : 1803, 1804, 1806, 1809, 1810, 1818, 1819, 1820, 1822, 1828, 1829, 1832, 1833, 1835, 1836, 1838, 1839, 1842, 1844, 1846, 1848, 1850, 1854, 1855, 1859, 1863, 1867, 1871 à 1874, et 1878.

100. De l'État des Beaux-Arts en France, et du Salon de 1810, par Fr. Guizot. *Paris, chez Maradan*, 1810, in-8, cart. non rogné.

101. Entretiens sur les ouvrages de peinture, sculpture et gravure, exposés au Musée Napoléon en 1810. *Paris, Gueffier*, 1811, in-12 br.

102. Examen raisonné des ouvrages de peinture, sculpture et gravure, exposés au salon du Louvre en 1814, par M. S. Delpech. *Paris, Martinet*, 1814, in-8, demi-rel. bas.

103. Annuaire de l'Ecole française de peinture, ou Lettres sur le Salon de 1819, par M. Kératry. *Paris, Maradan*, 1820, in-12, figures, cart. non rogné.

104. Salon de 1839, par Alex. Barbier. *Paris, Joubert*, 1839, in-12, cart. non rogné.

105. Exposition des artistes vivants, 1850, par E.-J. Delécluze. *Paris*, 1851, in-8, demi-rel. v. f. tête jaspée, non rogné.

106. Le Salon de 1844, par T. Thoré. *Paris*, 1844, une eau-forte. — Philosophie du Salon de 1857, par Castagnary. *Paris*, 1858. — Le Salon de 1859, par H. Dumesnil. *Paris*, 1859. — Max. du

Camp. Le Salon de 1861. *Paris*, 1861. — Examen du Musée du Louvre, par Cottini. *Paris*, 1851. — Voyage à travers l'Exposition des Beaux-Arts (peinture et sculpture), par Ed. About. *Paris*, 1855. — Gustave Claudin. L'Exposition à vol d'oiseau. *Paris*, 1855. — Souvenirs du Luxembourg, par Th. Bourgeois. *Paris*, 1857. — L. Viardot. Les Musées d'Allemagne et de Russie. *Paris*, 1844. Les Musées d'Allemagne, 1852. — L'Observateur au muséum. *Paris*, 1808, 2 br. Ens. 10 vol. et 2 br. in-12.

107. Le Salon de 1863, par C.-A. Dauban. *Paris, Renouard*, 1863, plaq. in-8, de 58 pp. cart.

108. Salons de W. Bürger, 1861 à 1868, avec une préface, par T. Thoré. *Paris, J. Renouard*, 1870, 2 vol. — Salons de T. Thoré, 1844 à 1848, avec une préface, par W. Bürger. *Paris*, 1870. Ens. 3 vol. in-12, br. portraits à l'eau-forte gr. par Flameng.

109. Beaux-Arts. — Sur les Salons et autres expositions d'œuvres d'art, env. 20 br. in-8.

Des Critiques faites sur les Salons, depuis 1699 et du salon de 1810 de M. Guizot, par Anat. de Montaiglon. — Revue des tableaux, exposition de 1812. Galerie de Oisime, *Chartres*, 1861. — Souvenir de l'exposition des Beaux-Arts à Marseille, 1861. — Figaro au Sallon de peinture (par Pajoux). *Rome*, 1785. — L'École française contemporaine, par Eug. de Montlaur. Salon de 1863. — Deux heures au Salon de 1864, par Montlaur. Essai sur le Salon de 1817. — Lettres impartiales sur les expositions de l'an XIII. — Examen critique du salon de 1833. — Etc., etc.

110. Annales du Salon de Gand et de l'École moderne des Pays-Bas, recueil de morceaux choisis parmi les ouvrages exposés au Musée en 1820, par L. de Bast. *Gand*, 1823, in-8, nombr. fig. au trait, cart. non rogné.

COLLECTIONS PARTICULIÈRES PAR ORDRE CHRONOLOGIQUE.

111. Collection de notices sur l'exposition des tableaux de l'Académie Royale à Londres. 22 pièces réunies en 1 vol. in-4, demi-rel. mar. r. non rogné.

Ce sont les années 1785 à 87, 1789 (en mauvais état) et 1790 à 1804. Exemplaire au chiffre de L. de Laborde.

112. Catalogue général des ventes publiques de tableaux et estampes depuis 1737 jusqu'à nos jours, par M. P. Defer. *Paris,* 1865, 4 vol. in-12. br.

113. Les Ventes de tableaux, dessins, estampes et objets d'art aux XVIIe et XVIIIe siècles (1611-1800), essai de bibliographie par G. Duplessis. *Paris, Rapilly*, 1874, in-8, cart. non rogné.

Tiré à très petit nombre.

114. Inventaire de tous les meubles du cardinal Mazarin, dressé en 1653. *Londres,* 1861, in-8, cart. non rogné.

115. Catalogue raisonné des tableaux, groupes et figures de bronze qui composent le cabinet de feu M. Gaignat, par S. Remy. *Paris, chez Vente,* 1768, in-12, front. gr. dérel.

Envoi autographe signé Remy.

116. Catalogue raisonné des tableaux, figures et groupes de bronzes, laques, etc., etc., après le décès de M. Beringhen, par P. R. *Paris, chez Musier,* 1770, in-12, de 46 pp. dérel.

117. Catalogue des tableaux du cabinet de feu M. le comte de la Guiche, par P. Remy. *S. l.* 1770, in-12, de 21 pp. dérel.

118. Catalogue raisonné des tableaux, dessins, estampes, etc., etc., qui composent le cabinet de

feu M. Boucher. *A Paris, chez Musier*, 1771, in-12, veau marb. fil.

Exemplaire avec les prix d'adjudication mis à l'encre.

119. Catalogue d'une riche collection de coquilles, madrépores, tableaux, livres, etc. etc., provenant de la succession de feu M. Jacqmin. *Paris, Joullain*, 1773, in-12, dérel.

120. Catalogue raisonné des différens objets de curiosités dans les sciences et arts, qui composaient le cabinet de feu M. Mariette..., par F. Basan, graveur. *A Paris, chez l'auteur et chez G. Desprez*, 1775, in-8, front. gr. par Choffard, d'après Cochin, en 1775, titre gravé de Moreau le jeune et figures à l'eau-forte, veau granit.

Exemplaire avec les prix d'adjudication mis à l'encre.

121. Réunion de catalogues de tableaux, dessins, etc. (avec les prix manuscrits), ens. 60 vol. ou br. in-8.

Cabinet de M. Gros. 1778. — S. M... (Saint-Maurice) 1785. — de Saint-Yves, 1805. — Pérignon, 1813. — G. Menageot, 1816. — Coutan, 1830. — Alph. Giraux, 1851. — Van Os, 1851. — De M*** (Morny), 1852. — La duchesse d'Orléans, 1853. — Dugleri, 1853. — Baron Servatius, 1854. — Le baron C*** (Courtier), 1857. — Ach. Devéria, 1858. — H. G.... (Gaultron, peintre), 1858. — Th. Rochard, 1858. — Hope, 1858. — Houdetot, 1859. — M. A*** (Aumont), 1859. — J. Noël, 1860. — Eug. Delacroix, 1864. — Le duc de Morny, 1865. — Galerie Pourtalès, 1865, 2 cat. — Carrier, 1868. — Le comte d'Aquila, 1868. — San Donato, 1870. M. J***, graveur (Jazet), 1872. — Paturna, 1872. — M. de Trétaigne, 1872. — Forcade, 1873. — (Wilson), 1874. — M. B*** (Boiselle) 1874. — Atelier de Fortuny, portr. à l'eau-forte, 1875. — Mme veuve *** (Nyon), 1875. — Van Walchren, Van Wadenagen de Nimmerder (Hollande) *Paris*, 1876. — Schneider, 1876. — Le comte de M*** (Mornay), 1877. — Galerie Oppeinheim, 1877. — Collection E.... (Evrard), 1878, etc, etc.

122. Catalogue des tableaux, bronzes, vases et colonnes de porphyre, meubles, etc., etc., qui composent le cabinet de M. de Montribloud, par A.-J. Paillet, et P.-F. Julliot. *Paris*, 1784, in-8, cart. non rogné.

123. Réunion de catalogues, de dessins, estampes,

aquarelles, etc. (avec les prix manuscrits), env. 50 vol. ou br. in-8.

Cabinet de M*** par Lebrun, 1784. — Le duc de Rohan-Chabot, 1787-1807, 2 cat. — M. Poulain, par Constantin, 1803. — M. M*** (Midy) 1815. — M. Constantin, par Sallé, 1817, — M. D... (Devoix) par Regnault. Delalande, 1818. — Le chevalier Bervic, 1822. — M. J. W... (Weber), 1830. — Marquis de Lagoy, 1834. — Alex. Noel, 1839. — B. D*** (Benj. Delessert), 1852. — P. Vischer de Bale, 1852. — F. F*** (Forster), 1857. — Rattier, 1859. — Ch. de F*** (Férol), 1859. — E. N. (Norblin), 1860. — Chanlaire, 1860. — Thiers, 1860. — Van Os, 1861. — L. M*** (Maulaz), 1862. — Arch*** (Archinto), 1862. — Le baron M. Duval, 1862. — Boisfremont, 1864. — M. P... (Perignon), 1864. — Eug. Tondu, 1865. — F. Soleil, 1872. — Ch. Turpin, 1874. — Eug. Lami, 1875. — (Collection Féral), 1877, etc. etc.

124. Catalogue de tableaux des trois écoles, dessins, objets précieux en marbre, porcelaines, laques, etc., etc., le tout du cabinet de M. S. M. (Saint-Maurice), par A.-J. Paillet et Alphonzo Milliotti. *Paris*, 1785, pet in-8, cart. non rogné.

125. Catalogue de tableaux précieux des trois écoles, etc., etc., provenant des cabinets de Mons. Coclers et de M. D***, par M. Lebrun. *Paris*, 1789, in-8, cart.

126. Catalogue de tableaux, dessins, estampes, etc. etc., provenant du cabinet de feu M. Baudouin, par J. Folliot-Delalande. *Paris*, 1786, in-8, cart.

127. Catalogue des tableaux précieux des écoles d'Italie, de Flandres, de Hollande et de France, le tout provenant du cabinet de feu M. Choiseul-Praslin, par A.-J. Paillet. *Paris*, 1792, pet. in-8, cart.

128. Catalogue raisonné des dessins originaux des plus grands maîtres anciens et modernes, qui faisaient partie du cabinet de feu le prince Charles de Ligne, par A. Bartsch. *A Vienne, chez Blumauer*, 1794, in-8, demi-rel. avec c. v. ant.

129. Catalogue d'une nombreuse collection d'estampes et de dessins de grands maîtres, après le décès de Mme Alibert, et cessation de commerce de Guill. Alibert. *Se trouve à Paris, chez Regnault, an XI,* 1803, in-8, cart.

130. Catalogue du cabinet de feu M. Aug. de Saint-Aubin, par F.-L. Regnault-Delalande. *Paris,* 1808, in-8, demi-rel. veau ant. non rogné.

Exemplaire avec les prix d'adjudication mis à l'encre.

131. Catalogue raisonné d'objets d'arts du cabinet de feu M. de Sylvestre, par Regnault-Delalande. *Paris,* 1810, in-8, demi-rel. veau f. tr. marb.

132. Cabinet de M. Paignon-Dijonval, état détaillé et raisonné des dessins et estampes dont il est composé ; rédigé par M. Bénard, par les soins de M. Morel de Vindé. *Paris,* 1810, in-4, demi-rel. veau f. tr. marbr.

133. Catalogue d'objets d'arts des cabinets de feu M. Ozanne et de feu M. de Coiny, précédé d'une notice historique par F.-L. Regnault-Delalande. *Paris,* 1811, in-8, demi-rel. mar. viol.

Exemplaire interfolié de papier blanc.

134. Catalogue des tableaux de Sa Majesté l'impératrice Joséphine, dans la galerie et appartemens de son palais de Malmaison. *S. l. n. d.*, plaq. in-4 de 38 pp. cart.

135. Réunion de catalogues de tableaux (avec gravures à l'eau-forte ou au trait) 9 br. in-8.

Catalogue Didot, 1814, 1 gr. au trait. — Collection Dufourny, par Delaroche, 1819, 62 pl. au trait. (Héris de Bruxelles). *Paris,* 1841, 2 fig. lith. — Catalogue of ornamental casts, third division, the renaissance styles ; in the possession of the department by R. N. Wornum, 1854 ; 25 pl. impr. en coul. — Le comte de Torcy, 1857, 1 gr. au trait. — Collection Deforge, vig. sur bois et prix marqués. — Diaz, 1857, 11 gr. à l'eau-forte et prix marqués. — Catalogue complet d'eaux-fortes originales composées et gravées par les artistes eux-mêmes. *Paris,* 1873, 8 eaux-fortes.

136. Catalogue raisonné des estampes du cabinet de

M. le comte Rigal, par Regnault-Delalande. *Paris*, 1817, in-8, cart. tête jasp. non rogné.

Exemplaire avec la table des prix d'adjudication.

137. Choix de dessins précieux des plus habiles maîtres de différentes écoles, du cabinet de M. B... (Brunet). *A Paris, de l'impr. Plassan*, 1818, plaq. in-8, de 12 pp. cart.

Exemplaire avec des prix mis à l'encre. Ces prix ne sont pas ceux d'une vente publique. Cette vente n'a eu lieu, en effet, qu'en 1830, après la mort de M. Brunet; ce sont sans doute des prix d'estimation, soit de la main du propriétaire, soit d'un appréciateur pour une vente à l'amiable.

138. Catalogue d'une collection nombreuse d'estampes anciennes et modernes, œuvres, recueils, galeries et cabinets; livres à figures, livres sur les arts, etc., provenant du cabinet de M. le comte V..... P...., (Vincent Poloski). *Paris*, 1820, in-8, cart.

139. Catalogue de tableaux, dessins, anciens et modernes, estampes en recueils, etc., dont une grande partie provient du cabinet de feu M. de Boissieu. *Paris*, 1821, plaq. in-8, de 24 pp. cart.

Ex libris de M. Sauvageot.

140. Réunion de catalogues de tableaux, 7 plaq. in-8, cart.

Cabinet de M. Chenard, 1822-32. 2 part. (prix au crayon). — Feu Ducroisi, *s. d.* — Le colonel S..., s. à Arras (Servatius). *Arras, s. d.* — Frédéric Kalkbrenner. *Paris*, 1850 (prix au crayon). — Le baron de Mecklembourg, *Paris*, 1854. — Edward Vernon Utterson. *London*, 1857. — Collection Desperet, *Paris*, 1865, 2 part...

141. Description des objets d'arts qui composent le cabinet de feu M. le baron V. Denon. Monuments antiques, historiques, modernes; ouvrages orientaux, etc., par L.-J.-J. Dubois. *Paris*, 1826, in-8, demi-rel. v. f. non rogné.

142. Description des objets d'arts qui composent le cabinet de feu M. le baron V. Denon, tableaux, dessins et miniatures, par A.-N. Pérignon. —

Estampes et ouvrages à figures par Duchesne. — *Paris*, 1826, 2 part. réun. en 1 vol. in-8, pap. de Holl. demi-rel. v. gr. non rogné.

143. A Catalogue of engravings, by thy most esteemeed artists, after the finest pictures and drawings of the schools of Europe; systematically arranged under the painters, and by index to the subjects : accompanied by a list of works in progress, or recently completed : and also of various books of prints, forming part of the stock of Moon, Boys, and Graves, *London*, 1829, in-8, cart.

144. Catalogue des tableaux, dessins, gouaches, estampes, etc., etc., composant la collection de feu M. Villeminot, par Alex. Paillet. *Paris, s. d.*, in-8, de 78 pp. cart. non rogné.

145. Catalogue des tableaux italiens, flamands, hollandais et français, des anciennes écoles, qui composent la magnifique galerie de feu M. le chev. Erard. *Paris*, 1832, in-8, demi-rel. mar. br. non rogné.

146. Galerie des tableaux, anciens et modernes, miniatures, lavis, aquarelles et dessins, de MM. Alph. Giroux. *Paris, s.d.*, in-8, cart. non rogné.

147. Catalogue des tableaux, dessins et gravures de la collection Standish, légués au roi par M. Fr. Hall Standish. *Paris*, 1842, in-12, chag. viol. comp. sur les plats, tr. dor.

148. Catalogue raisonné de la rare et précieuse collection d'estampes, réunie par les soins de M. F. Dubois, rédigé par P. Defer. *Paris*, 1843, in-8, cart.

149. Catalogue d'une belle collection de tableaux anciens et modernes, d'une suite nombreuse de dessins, d'estampes, de livres à figures, etc., composant le cabinet de M. Saint. *Paris*, 1846, in-8, cart. tr. jasp.

Exemplaire avec les prix d'adjudication mis au crayon.

150. Catalogue d'une belle collection d'objets d'art et de haute curiosité, tableaux, dessins, miniatures et livres à figures. *Paris*, 1846, in-8, cart.

Exemplaire avec les prix d'adjudication mis au crayon à la seconde partie.

151. Catalogue raisonné de la précieuse collection de dessins et d'estampes, au nombre de près de 30,000, formant le cabinet de M. Ch. Van Hulthem, délaissée par M. Ch. de Bremmæcker. *Gand*, 1846, in-8, cart. non rogné.

152. Notice sur la collection de tableaux de M. M. Delessert. *Paris*, 1846, plaq. in-8, de 88 pp. cart.

153. Catalogue des objets d'art qui compose la collection Debruge-Duménil. *Paris*, 1849, in-8, cart. non rogné.

154. Catalogue des tableaux de diverses écoles, composant le cabinet de feu M. le lieutenant-général comte Despinoy. *Versailles*, 1850, in-8, cart. tête jasp. non rogné.

155. Description abrégée des dessins de diverses écoles, appartenant à M. Fr. Reiset. *Paris*, 1850, in-8, cart.

156. Catalogue d'une belle collection de tableaux anciens et modernes, miniatures, aquarelles et dessins, provenant du cabinet de feu M. Thévenin. *Paris*, 1851, in-8, de 15 pp. cart.

Exemplaire avec les prix d'adjudication mis au crayon.

157. Catalogue of the Bridgewater collection of pictures, belonging to the earl of Ellesmere, at Bridgewater-House, Cleveland. 1851, in-8, de 46 pp. cart.

158. Catalogue de tableaux anciens et modernes, etc. qui composaient le cabinet et l'atelier de M. Rouillard. *Paris*, 1852, plaq. in-8, de 38 pp. cart.

159. Catalogue des tableaux, objets d'art, curiosités, etc., appartenant à M. le comte d'Arjuzon. *Paris*, 1852, plaq. in-8, de 19 pp. cart.

Ex libris de Ch. Sauvageot.

160. Catalogue illustré de la collection des dessins et croquis originaux, par J.-J. Grandville. *Paris, Plon*, 1853, br. in-8, de 30 pp., vignettes sur bois de Grandville.

161. Catalogue d'une collection des tableaux anciens et modernes, d'une suite de portraits historiques, des dessins et estampes, etc., provenant du cabinet de M. le vicomte de M*** (Malézieux). *Paris*, 1852, plaq. in-8, de 36 pp. cart.

Ex libris de M. Sauvageot.

162. Catalogue descriptif des tableaux, sculptures en terre cuite, meubles antiques et objets d'art, réunis par M. le marquis Colbert de Maulevrier. *Angers, Barassé*, 1853, br. in-4, 16 planches.

163. Catalogue d'une collection remarquable de tableaux, objets d'art, etc., etc., ayant formé les cabinets de MM. De Meulder, Staiber, de Hosel Maleschawski, J. Lau de Wandsbeck. *Anvers*, 1854, plaq. in-8, de 74 pp. cart.

164. Catalogue d'objets d'art, curiosités, tableaux, dessins et miniatures, dépendant de la succession de M. Latapie. *Paris*, 1854, plaq. in-8, de 40 pp. cart.

Ex libris de M. Sauvageot.

165. Catalogue d'objets d'art, antiquités, émaux, tableaux, livres à figures, qui composent le cabi-

net et la bibliothèque de feu M. Callet. *Paris*, 1855, in-8, cart.

Ce volume comprend deux éditions du même catalogue, sous le même titre et la même date, le premier a 115 pp. et a été tiré à très petit nombre, il est fort rare; le second n'a que 32 pp., la partie des antiquités et curiosités a seulement 226 numéros au lieu de 239, et celle des tableaux, dessins, estampes et bibliothèque 104 au lieu de 821, par suite de l'omission des livres.

Cet exemplaire porte l'ex libris de M. Ch. Sauvageot.

166. Catalogue de la curieuse et intéressante collection composant le cabinet de feu M. le baron Ch. de Vèze. *Paris*, 1855, in-8, portr. cart. tr. jaspée.

Exemplaire avec les prix d'adjudication mis au crayon.

167. Catalogue de la riche collection d'estampes et de dessins composant le cabinet de feu M. G. Van Den Zande, redigé par Guichardot. *Paris*, 1855, in-8, demi-rel. chag. r. tr. jaspée.

168. Catalogue de la collection d'estampes anciennes provenant du cabinet de M. H. de L. (His de La Salle). *Paris*, 1856, gr. in-8, demi-rel. chag. La Vall. non rogné.

Exemplaire sur grand papier vélin, avec les prix d'adjudication mis au crayon, et un envoi de M. His de La Salle à M. Mahérault.

169. Catalogue des dessins de la collection du marquis de Chennevières-Pointel, exposés au musée d'Alençon. *Paris*, *Poulet-Malassis*, 1857, pet. in-8, de 66 pp. cart. non rogné.

170. Catalogue d'une collection de portraits et de quelques pièces historiques provenant du cabinet de M. A***. *Paris*, 1857, plaq. in-8, de 40 pp. cart.

Ex libris de M. Sauvageot.

171. Catalogue de la collection d'estampes anciennes et modernes de diverses écoles, formée par M. le Dr Rigollot. *Paris*, 1857, plaq. in-8, de 18 pp. cart.

Ex libris de M. Ch. Sauvageot.

172. Catalogue d'une précieuse collection d'objets d'art et de haute curiosité, provenant du cabinet d'un amateur (Richard Wallace). *Paris*, 1857, plaq. in-8, de 47 pp. cart.

Ex libris de M. Ch. Sauvageot.

173. Le Trésor de la curiosité tiré des catalogues de vente par Ch. Blanc. *Paris, J. Renouard*, 1857, 2 vol. in-8, cart. non rogné.

174. Catalogue de la riche collection de dessins anciens, composant le cabinet de M. A. Mouriau. *Bruxelles*, 1858, gr. in-8, figures, cart. non rogné.

175. Catalogue des tableaux et dessins de feu M. Ach. Devéria. — Catalogue de livres et autographes composant la bibliothèque de feu M. Ach. Devéria. *Paris, Aubry*, 1858, 2 cat. en 1 vol. in-8, cart.

Quelques prix d'adjudication mis au crayon.

176. Catalogue de la belle collection d'estampes anciennes, provenant du cabinet de M. H. D. (Dreux). *Paris*, 1861, plaq. in-8, cart. éb.

Exemplaire avec la table des prix d'adjudication.

177. Collection Parguez. — Catalogue de lithographies, œuvres de Bonington, Charlet, Decamps, Géricault, H. Vernet, etc., etc., et livres à figures. *Paris*, 1861, in-8, cart.

Exemplaire avec la table des prix d'adjudication, les prix manuscrits mis au crayon, et 2 pages d'errata.

178. Catalogue de la très belle collection d'estampes anciences provenant du cabinet de M. D.-G. de A... (Arosa). *Paris*, 1861, in-8, cart.

Exemplaire avec la table des prix d'adjudication.

179. Catalogue de la collection de dessins, estampes anciennes et modernes, livres à figures, etc., composant le cabinet de feu M. Simon. *Paris*, 1862, gr. in-8, cart. non rogné.

Exemplaire avec les prix d'adjudication mis au crayon.

180. Description sommaire des objets d'art faisant partie des collections du duc d'Aumale, exposés pour la visite du Fine Arts Club. 1862, in-8, demi-rel. avec c. v. r. fil. non rogné.

181. Catalogue des dessins ayant servi à la publication des galeries historiques de Versailles. *Paris*, 1863, in-8, cart. non rogné.

182. Catalogue des tableaux anciens et modernes, aquarelles et dessins, lithographies etc., composant le cabinet de feu le colonel de la Combe. *Paris*, 1863, in-8, cart. non rogné.

Exemplaire avec la table des prix d'adjudication.

183. Catalogue de l'intéressante collection d'estampes et de dessins composant le cabinet de feu M. le chevalier J. Camberlyn. *Paris*, 1865, 2 part en 1 vol. in-8, cart. non rogné.

184. Catalogue des tableaux anciens et modernes, objets d'art et de curiosité, composant les collections de feu M. le duc de Morny. *Paris*, 1865, gr. in-8, cart. non rogné.

185. Catalogue des tableaux composant la collection Paturle. *Paris*, 1865, plaq. in-8, de 30 pp. cart.

186. Collection de M. Laperlier. — Tableaux et dessins de l'école française du XVIIIe siècle, etc., *Paris*, 1867, in-8, cart. non rogné.

187. Catalogue des tableaux anciens des écoles espagnole, italienne, flamande et hollandaise, composant la galerie de M. le marquis de Salamanca. *Paris*, 1867, in-8, cart. non rogné.

188. Collection A. Raifé. — Antiquités, 1 vol. — Objets d'art et de curiosité, 1 vol. — *Paris*, 1867. Ens. 2 vol. in-8., br.

189. Les Collectionneurs de l'ancienne Rome, notes

d'un amateur. *Paris*, *Aubry*, 1867, in-12, titre encadré, cart. tête jasp. non rogné.

190. Catalogue de vingt-trois tableaux des écoles flamande et hollandaise provenant de la célèbre galerie San Donato (à Florence). *Ch. Pillet*, *Fr. Petit*, 1868, in-8, br.

Exemplaire en grand PAPIER DE HOLLANDE ; avec les prix d'adjudication mis au crayon. Le total de cette magnifique collection a été de 1,430,780, les frais compris.

191. Catalogue de la collection de tableaux et dessins de M. H. Didier. *Paris*, 1868, gr. in-8, cart. non rogné.

192. Catalogue de 43 tableaux de maîtres anciens provenant de la collection de M. le comte Koucheleff Besborodko. *Boussaton*, *Pillet*, *Durand-Ruel*, juin 1869, gr. in-8, br. 15 eaux-fortes.

193. Catalogue des tableaux composant la galerie Delessert. *Paris*, 1869, in-8, cart. non rogné.

Quelques prix d'adjudication.

194. Collection de M. J. Boilly. Dessins anciens principalement de l'école française et quelques objets d'art. *Paris*, 1869, in-8, br.

Tiré à 50 exemplaires sur GRAND PAPIER DE HOLLANDE, avec 10 planches gr. à l'eau-forte.

195. Collections de San Donato. Tableaux, marbres, dessins, aquarelles et miniatures. *Ch. Pillet et Fr. Petit*, 1870, in-8, br.

Exemplaire en GRAND PAPIER, orné de 42 gravures à l'eau-forte.

196. Catalogue des tableaux composant la collection Laurent-Richard. *Paris*, 1873, gr. in-8, cart.

Exemplaire avec les prix d'adjudication mis au crayon. Le total de cette vente a été de 1,467, 477 fr. 50 cent. les frais compris. (62 numéros.)

197. Catalogue de tableaux de premier ordre anciens et modernes composant la galerie de M. le marquis de la Rocheb... (la Rocheboson.) *Ch.*

Pillet, Durand-Ruel et Féral, mai 1873, gr. in-8 broché.

Exemplaire en GRAND PAPIER VÉLIN, orné de 34 gravures à l'eau-forte.

198. Catalogue d'une très belle collection de tableaux comprenant des œuvres remarquables des principaux maîtres, etc., etc. *Ch. Pillet, Durand-Ruel et Féral*, avril 1874, in-4, br.

Exemplaire en GRAND PAPIER DE HOLLANDE, avec 16 gravures à l'eau-forte.

199. Catalogue of tho renowned collection of works of art formed by that distinguished connoisseur, Alex. Barker. *London*, 1874, plaq. in-8, de 60 pp. cart.

200. Catalogue des tableaux et dessins provenant en partie de la collection de feu C. Dutilleux. *Paris*, 1874, in-8 br. 46 gravures sur bois.

201. Catalogue de tableaux, dessins et aquarelles, gravures, bronzes, livres et nombreux mobilier dont la vente aura lieu par suite de la liquidation du Cercle des Arts. *Paris*, 1874, plaq. gr. in-8 de 40 pp. cart. non rogné.

202. Tableaux et Aquarelles par Cl. Monet, Berthe Morisot, A. Renoir, A. Sisley. *Ch. Pillet, Durand-Ruel*, 24 mars 1875, br. in-8 de 15 pages.

Catalogue intéressant à cause de la curieuse préface écrite par M. Ph. Burty. (*Note manuscrite.*)

203. Catalogue des tableaux et copies par Alex. Colin. *Boussaton et Féral*, 2 fév. 1876, in-8, portr. et 5 grav. à l'eau-forte, broché.

204. Catalogue de tableaux et dessins formant la collection de feu M. Camille Marcille. 6 et 7 mars 1876, *C. Pillet, Féral et Mannheim*, gr. in-8, br. 8 gr. à l'eau-forte.

Première vente. Exemplaire en GRAND PAPIER.

205. Collections de feu M. Soret. — Tabatières, mi-

niatures, objets d'art, bijoux, tableaux, livres, dessins. *S. d.* in-8, cart. non rogné.

206. Trente-quatre tableaux modernes ainsi que un paysage par Meindert Hobbema provenant en partie de la précieuse collection de feu M. Y.-D.-C. Suermondt. *Ch. Pillet, Féral,* février 1877, br. gr. in-8, 3 gr. à l'eau-forte.

Exemplaire en GRAND PAPIER DE HOLLANDE. Le total de cette magnifique collection a été de 191,180 fr.

207. Collection F.-A. Didot, dessins et estampes. *M. Delestre, Danlos et Delisle*, 1877, in-8, broché.

208. Collection de S. A. le duc de Berwick et d'Albe. Tableaux par Velazquez, Murillo, Rubens. — 75 tapisseries de premier ordre..., 4,000 gravures anciennes et modernes. *Escribe, Clément, Haro, Bloche*, avril 1877, in-8, broché.

209. Catalogue de tableaux modernes et de tableaux anciens composant la collection Laurent-Richard. *Ch. Pillet, Durand-Ruel, G. Petit et Féral,* mai 1878, gr. in-8, br. 53 eaux-fortes.

210. Collection de feu M. Laperlier. *Paris,* 1879, in-8, br. 6 eaux-fortes.

211. Catalogue de tableaux de premier ordre formant la collection de M. Fr. Reiset. Avril 1879, *Pillet et Féral,* gr. in-8, fig. broché.

Exemplaire en GRAND PAPIER DE HOLLANDE, orné de 19 photogravures exécutées par Braun. Cette magnifique collection fait partie maintenant de celle de Mgr le duc d'Aumale.

VIES D'ARTISTES EN GÉNÉRAL.

212. Catalogue des artistes de l'antiquité jusqu'à la fin du VIe siècle par le comte de Clarac. *Paris, Renouard*, 1849, in-12, cart. non rogné.

Troisième partie.

213. Lettres à Eugénie, élève de Boilly sur les peintres et sculpteurs de l'ancienne Grèce, par J. de la Serrie. *A Paris*, *Didot*, 1800, in-18 de 72 pp. front. gr. en coul. veau ant. marb. tr. dorée.

214. Artistes anciens et modernes, par Clément. *Paris, Claye*, 1876, in-12, broché.

Envoi autographe signé de l'auteur à M. Mahérault.

215. Mémoires inédits sur la vie et les ouvrages des membres de l'Académie royale de peinture et de sculpture, par MM. L. Dussieux, E. Soulié, Ph. de Chennevières, P. Mantz, A. de Montaiglon. *Paris, Dumoulin*, 1854, 2 vol. in-8, demi-rel. veau f. tête jasp. non rogné.

216. Les Artistes français du XVIIIe siècle oubliés ou dédaignés, par Em. Bellier de la Chavignerie. *Paris, Renouard*, 1865, in-8, cart. tête jasp. non rogné.

217. Mosaïque. Peintres, musiciens, littérateurs, artistes dramatiques à partir du XVe siècle jusqu'à nos jours, par P. Hédouin. *Paris*, 1859, fort vol. in-8, br. portr. à l'eau-forte.

Manque la feuille 25 et la feuille 24 est double.

218. Peintres, sculpteurs, graveurs. Notices biographiques, éloges et autres monographies. Env. 20 br. in-8.

Berthelemy peintre laonnais, par Duchange. — Notice sur la vie et les œuvres de Fr. Girardon, sculpteur, par Corrard de Breban. — Notice sur Ant. Masson, graveur. — Notice sur Boulanger de Boisfremont, par Hellis. — Notice sur Th. Lawrence. — Notice sur Eust. Le Sueur, par Gence. — Notice sur un tableau attribué à Van Eyck, par Taillandier. — L'Apothéose de M. Ingres, par Th. Silvestre, etc., etc.

219. Notices biographiques sur les peintres, graveurs, sculpteurs. Env. 30 br. in-8.

Éloge de M. Massé. — L'œuvre de Delacroix, par H. du Cleuziou. *Paris*, 1865. — Notice sur la vie et les ouvrages de Carstens, peintre. — Notice sur M. Le Comte, statuaire. — Tableau du sacre de Charles X, par Gérard. *Paris*, 1829, 1 pl. — Notice sur le baron Denon, par Coupin. Éloge de

Nic. Poussin, par Nic. Ruault. *Paris*, 1809. — Éloge biographique de M. Q. de La Tour, par E. Dréolle de Noden. *Paris*, 1856, etc., etc.

220. Joseph, Carle et Horace Vernet. Correspondance et biographies, par Am. Durande. *Paris*, 1805. — L'Art chrétien et l'École allemande avec une notice sur M. Overbeck, par M. Bathild Bouniol. *Paris*, 1856. — Beaux-Arts et Artistes, par J. Adhémar. *Paris*, 1861. — Histoire de la dentelle, par M. de ***. *Paris*, 1843, fig. sur bois. — A Houssaye. Galerie du XVIIIe siècle, 5e série. — Sculpteurs, peintres, musiciens. *Paris*, 1858. — Les Beaux-Arts à l'Exposition universelle et aux Salons de 1863 à 1867, par Max. du Camp. *Paris*, *J. Renouard*, 1867. Ens. 6 vol. in-12, br.

221. Dictionnaire des artistes de l'École française au XIXe siècle, par Ch. Gabet. *Paris*, *Vergne*, 1831, in-8, cart. tête jasp. non rogné.

222. Beaux-Arts. — Biographie et autres monographies d'artistes. Env. 20 br. in-8.

Em. Zola. Ed. Manet, étude biographique. *Paris*, 1867. — Poussin et son monument, par M. Ed. Crémieu, *Evreux*, 1851. — Ary Scheffer : 1° par Lenormant; 2° par Vitet; 3° par Perrin. — G. Bouquier. Notes sur l'état de la peinture à la fin du XVIIIe siècle, par le Dr Galy. *Périgueux*, 1868, etc.

223. Beaux-arts. Biographies et monographies d'artistes. 10 br. in-8.

Camille Marcille, nécrologie. — Éloge de P. de Franqueville. — Lettres de M. H. Vernet, pendant son voyage en Russie. — Notice sur la vie et les ouvrages de Aug. Couder, par Em. Breton, etc., etc.

224. Peintres et sculpteurs modernes de la France. David et l'École française (par H. Delaborde). *S. l. n. d.* plaq. in-8 de 22 pp. cart.

Extrait de la *Revue des Deux Mondes*. (Tome X, pp. 750 à 770.)

225. Artistes orléanais : peintres, graveurs, sculpteurs, architectes, liste sous forme alphabétique des personnages nés pour la plupart dans la province de l'Orléanais, par H. H*** (Herluison). *Orléans*, 1863, pet. in-8, cart. non rogné.

Tiré à 115 exemplaires.

226. Recueil de notices historiques lues dans les séances publiques de l'Académie royale des Beaux-Arts à l'Institut, par M. Quatremère de Quincy. *Paris, Adr. Le Clère*, 1834, 1 vol. — Suite du recueil... *Paris*, 1837, 1 vol. Ens. 2 vol. in-8, cart. tête jasp. non rogné.

227. Les Artistes français à l'étranger, par L. Dussieux. *Paris, Didron*, 1852, in-12, br.

228. Les Artistes français à l'étranger, par L. Dussieux. *Paris*, 1856, in-8, cart. non rogné.

229. Histoire des artistes vivants français et étrangers, études d'après nature par Th. Silvestre. *Paris, Blanchard, s. d.* gr. in-8, cart. non rogné.

PEINTURE.

230. Traité de la Peinture, par Léonard de Vinci. Nouvelle édition augmentée de la vie de l'auteur. *A Paris, chez Deterville, an IV*, 1796, ère vulg. in-8, portr. et nombr. planches au trait, veau marb. tr. dorée.

231. Moyen universel de pratiquer la perspective sur les tableaux ou surfaces irrégulières, etc., par A. Bosse. *A Paris*, 1653, in-8 de 76 pp. front. gr. et figures, veau ant.

232. Annales de la peinture, par Et. Parrocel. *Paris*, 1862, in-8, demi-rel. v. ant. tête jasp. non rogné.

233. Essai sur la peinture, par Diderot. *Paris, Buisson, l'an IV*, in-8, cart.

234. L'Art de peindre, poème, avec des réflexions sur les différentes parties de la peinture, par M. Watelet. *A Paris, de l'impr. de Guérin et Delatour*, 1760, in-4, front. gr. vign. et culs-de-lampe, cart. tête jasp. non rogné.

235. L'Art de peindre, poème, avec des réflexions sur les différentes parties de la peinture, par M. Watelet, augmenté de deux poèmes sur l'art de peindre, de M. C.-A. Dufresnoy et de M. l'abbé de Marsy. *A Amsterdam,* 1761, in-12, front. gr. veau ant. marb.

236. Traité élémentaire des Règles du dessin, par le citoyen Bosio. *Paris, Moutardier, an X,* 1802, in-12, fig. demi-rel. v. f. tr. marb.

237. Essai sur le dessin et la peinture, relativement à l'enseignement, nouveau précis de perspective par C. Farcy. *Paris,* 1819, in-8, planches, demi-rel. v. vert, tr. marb.

238. Traité élémentaire et pratique du Dessin et de la Peinture, par L. Libert. *A Paris,* 1825, in-12, figures, demi-rel. veau f. tr. marb.

239. Dictionnaire des arts du dessin, par M. Boutard. *Paris,* 1826, in-8, demi-rel. v. f. tr. marb.

Envoi autographe signé de l'auteur.

240. Précis d'un Traité de Peinture, par M. Delécluze. *Paris,* 1828, in-18, demi-rel. v. bl. tr. marb.

241. Notions pratiques sur l'Art de la Peinture, par J. Burnet, traduites de l'anglais, par Van Gael. *Paris, Rittner et Goupil,* 1835, in-4, portr. figures noires et color. cart. non rogné.

242. Explications des termes les plus usités dans le langage de la Peinture, par Ch. Richelet. *Paris,* 1846, br. in-8 de 64 pages.

243. Recherches sur la peinture en émail dans l'antiquité et au moyen âge, par J. Labarte. *Paris, V. Didron,* 1856, in-4, planches en chromo, cart. tête jasp. non rogné.

244. Procédés des Coloristes anciens, retrouvés par

Oscar Haes. *Wazemmes*, 1856, plaq. in-8 de 31 pp. cart.

Envoi autographe signé de l'auteur à M. le comte de Ségur.

245. Histoire de la Peinture au moyen âge, par T.-B. Emeric-David, avec une notice sur l'auteur, par P. L. Jacob (Paul Lacroix). *Paris, Ch. Gosselin*, 1842, in-12, cart. éb.

246. De la Conservation et de la Restauration des tableaux, etc., par Horsin Déon. *Paris, H. Bossange*, 1851, in-12, br.

247. Mélanges sur la Peinture. 10 br. in-8.

Catalogue de l'œuvre de L. de Vinci, par le Dr Rigollot. — De quatre tableaux attribués à L. de Vinci. — Examen du tableau des Horaces, par Alex. Peron. — Un nouveau Raphael au Louvre, par P.-C. Périer. — Le cabinet de M. Thiers, par Ch. Blanc. — Du droit des peintres et des sculpteurs sur leurs ouvrages, par H. Vernet. — Salon d'Horace Vernet, analyse des 45 tableaux exposés chez lui en 1822. — Examen analytique du tableau de la *Transfiguration* de Raphael, etc., etc.

248. Galerie des Peintres célèbres, avec des remarques sur le genre de chaque maître, par C. Lecarpentier. *Paris, Treuttel et Wurtz*, 1821, 2 tomes en 1 vol. in-8, front. gr. cart. tête jasp. non rogné.

249. Dissertation sur les ouvrages des plus fameux peintres (par de Piles). *A Paris, chez Nic. Langlois*, 1681. — La Vie du Rubens, *S. l. n. d.* — Dialogue sur le coloris, par de Piles. *Paris*, 1699. 3 ouvr. réun. en 1 vol. in-12, veau ant.

250. Philippe Burty. Maîtres et Petits-Maîtres. *Paris, Charpentier*, 1877, in-12, br.

251. Histoire des peintres de toutes les écoles, depuis la renaissance jusqu'à nos jours, par MM. Ch. Blanc, Th. Gautier et P. A. Jeanron, ouvrage publié sous la direction et avec les notes, recherches et indications de MM. Armengaud et O'Reilly. *Paris, Renouard, s. d.*, 50 livr. in-4, dépareillées, portr. et vig. gr. sur bois, fac-simile, marques et monogrammes.

Ecole française : 39 livraisons.
Ecole anglaise : 7 —
Ecole allemande : 1 —
Ecole flamande : 2 —
Ecole hollandaise : 1 —

252. Essai d'un tableau historique des peintres de l'École françoise, depuis J. Cousin, en 1500, jusqu'en 1783 inclus. *A Paris*, 1783, plaq. in-4, cartonné.

253. Les Trois Siècles de la peinture en France, ou Galerie des peintres français, depuis François Ier, jusqu'au règne de Napoléon, par P. M. Gault de Saint-Germain. *A Paris, chez Bélin*, 1808, in-8, demi-rel. bas. v. tr. marbr.

254. Recherches sur la vie et les ouvrages de quelques peintres provinciaux de l'ancienne France, par Ph. de Pointel. *Paris, Dumoulin*, 1847, 4 tomes en 2 vol. in-8, front. gr. à l'eau-forte, cart. tête jasp. non rogné.

255. Geofroy Tory, peintre et graveur, premier imprimeur royal, par Aug. Bernard. *Paris, Aug. Aubry*, 1857, in-8, cart. tête jasp. non rogné.

256. Dissertation sur les portraits de François Ier et de Henri VIII, existant à l'hôtel de Bourgtheroulde, par M. de la Querière. *Rouen, F. Baudry*, 1828, plaq. in-8 de 10 pp. portr. cartonné.

257. Recherches sur la vie et les ouvrages de Jacques Callot, par Ed. Meaume. *Paris, J. Renouard*, 1860, 2 vol. in-8, fac-simile, cart. en perc. r. non rogné.

258. Etienne Parrocel. Monographie des Parrocel, essai. *Marseille*, 1861, in-12, cart. tête jasp. non rogné.

259. Vie des premiers peintres du roi, depuis

M. Le Brun, jusqu'à présent. *A Paris, chez Durand-Pissot*, 1752, 2 tomes en 1 vol. in-12, demi-rel. v. bl. tr. marbr.

260. Essai sur la vie et les tableaux de Poussin, par le C^en^ Cambry. *A Paris, Didot, an VII*, in-8 de 62 pp. cartonné.

261. Histoire de Jouvenet, par F.-N. Leroy. *Paris, Didron*, 1860, in-8. portr. cart. non rogné.

262. Notice sur Greuze et ses ouvrages. *S. l. n. d.* plaq. in-8 de 28 pp. cartonné.

263. Catalogue raisonné de l'œuvre peint, dessiné et gravé d'Ant. Watteau, par Ed. de Goncourt. *Paris, Rapilly*, 1875, in-8, broché.

264. Vie de Carle Vanloo. *A Paris, chez Desaint*, 1765, in-12 de 69 pp. veau ant. marbr.

265. Éloge de Lancret, peintre du roi, par Ballot de Savot, réuni et publié par J.-J. Guiffrey. *Paris, Baur, Rapilly, s. d.* in-8, pap. de Holl. titre gr. à l'eau-forte, cart. non rogné.

266. Maurice Quentin de La Tour, peintre du roi Louis XV, par Ch. Desmaze. *Paris*, 1854, in-12 de 78 pp. cart. non rogné.

267. Les Peintres de Laon et de Saint-Quentin : de la Tour, par Champfleury. *Paris, Didron, Dumoulin*, 1855, in-8, cart. tr. jaspé.

268. Catalogue de l'œuvre de Ch.-Nic. Cochin fils, par Ch.-Ant. Jombert. *Paris, Prault*, 1770, in-8, cartonné.

269. Joseph Vernet, sa vie, sa famille, son siècle, d'après des documents inédits, par L. Lagrange. *Bruxelles*, 1858, in-8, cart. non rogné.

270. Les Vernet. — Joseph Vernet et la peinture au XVIIIe siècle, par L. Lagrange. *Paris, Didier*, 1864, in-12, broché.

271. Notice historique sur la vie et les ouvrages de P.-P. Prud'hon. *A Paris, chez F. Didot*, 1824, plaq. in-8 de 46 pp. portr. cartonné.

272. Notice sur Prud'hon, né en 1759, mort en 1823 (par Eug. Delacroix), plaq. gr. in-8 de 20 pp. portr. sur chine, demi-rel. chag. n. tr. jaspée.

Cette notice est extraite du *Plutarque français*, tome VI, pp. 179 à 198.

273. Prud'hon, sa vie, ses œuvres et sa correspondance, par Ch. Clément. *Paris, Claye, impr.* 1870, gr. in-8, br.

Exemplaire sur papier de Hollande, avec un envoi autographe de M. C. Clément à M. Mahérault.

274. Prud'hon, sa vie, ses œuvres et sa correspondance, par Ch. Clément. *Paris, J. Claye, impr.* 1872, in-8, portr. et 30 figures, broché.

Envoi autographe de M. Ch. Clément à M. Mahérault.

275. Catalogue raisonné de l'œuvre peint, dessiné et gravé de P.-P. Prud'hon, par Ed. de Goncourt. *Paris, Rapilly*, 1876, in-8, broché.

276. Exposition des œuvres de Prud'hon, au profit de sa fille. — École des beaux-arts. — *Paris, impr. de Claye*, 1874, in-12 cartonné.

Envoi autographe de M. Ed. Marcille à M. Mahérault.

277. Souvenirs de Mme Vigée-Lebrun. *Paris, Charpentier*, 1869, 2 vol. in-12, brochés.

278. Histoire des peintres français au XIXe siècle, par M. Ch. Blanc. *Paris, Cauville*, 1845, in-8, demi-rel. v. f. tête jasp. non rogné.

279. La Peinture contemporaine en France, par M. Anat. de La Forge. *Paris, Amyot*, 1856, in-8, demi-rel. v. f. tête jaspée, non rogné.

280. La Peinture française au XIXe siècle. — Les chefs d'école, L. David, Gros, Géricault,

Decamps, Meissonier, Ingres, H. Flandrin, E. Delacroix, par Ern. Chesneau. *Paris, Didier,* 1862, in-12 br.

281. Vie de David, premier peintre de Napoléon, par M. A. Th***. *Bruxelles,* 1826, in-12, portr. cart. non rogné.

282. Essai sur J.-L. David, peintre d'histoire, par M. P.-A. Coupin. *Paris, J. Renouard,* 1827, plaq. in-8 de 59 pp. cartonné.

283. Mémoires de David, par M. Miette de Villars. *A Paris,* 1850, in-8, cart. tr. jaspée.

284. Louis David, son école et son temps, souvenirs, par M E.-J. Delécluze. *Paris, Didier,* 1855, in-12 cart. non rogné.

285. François Gérard. — Essai de biographie et de critique, par Ch. Lenormant. *Paris,* 1847, in-8, demi-rel. chag. v. non rogné.

286. Notice sur le baron Gérard. *S. l. n. d.,* plaq. gr. in-8 de 16 pp. portr. demi-rel. chag. v.

287. Correspondance de François Gérard, peintre d'histoire, avec les artistes et les personnages célèbres de son temps, publiée par M. H. Gérard, précédée d'une notice sur sa vie, par Ad. Viollet-le-Duc. *Paris,* 1867, in-8, portraits lith. sur chine, broché.

288. Gros, sa vie et ses ouvrages, par J.-B. Delestre. *Paris, J. Renouard,* 1867, in-8, portr. et gravures sur bois, demi-rel. chag. viol. tête jaspée, éb.

289. OEuvres posthumes de Girodet-Trioson, peintre d'histoire, suivies de sa correspondance, précédées d'une notice historique, et mises en ordre, par P.-A. Coupin. *Bruxelles,* 1829, 3 vol. in-12, portr. brochés.

290. Notice nécrologique sur Girodet, par P.-A. Coupin. *S. l. n. d.*, in-8 de 86 pp. cart. tr. jasp.

291. Géricault, étude biographique et critique avec le catalogue raisonné de l'œuvre du maître, par Ch. Clément. *Paris, Didier*, 1868, in-8, demi-rel. chag. v. éb.

292. Catalogue de l'œuvre de Géricault, par Ch. Clément. *Paris*, 1866, 2 fasc. g. in-8, broché.

Exemplaire sur GRAND PAPIER DE HOLLANDE.

293. Géricault (par L. Batissier). Plaq. in-8 de 24 pp. cartonné.

Extrait de la *Revue du dix-neuvième siècle*.

294. Géricault, étude biographique et critique, avec le catalogue raisonné de l'œuvre du maître, par Ch. Clément. *Paris, Didier*, 1879, in-8, portr. et figures, broché.

Envoi autographe signé de l'auteur à M. Mahérault.

295. Notice sur la vie et les ouvrages de Léopold Robert, par E.-J. Delécluze. *Paris*, 1838, in-8, portr. et fig. lith. demi-rel. avec c. tr. marbr.

296. Léopold Robert, sa vie, ses œuvres et sa correspondance, par F. Feuillet de Conches. *Paris*, 1848, in-8 tiré in-4, demi-rel. mar. vert, doré en tête, non rogné.

Exemplaire en GRAND PAPIER DE HOLLANDE.

297. F. Feuillet de Conches. — Léopold Robert, sa vie, ses œuvres et sa correspondance. *Paris, M. Lévy*, 1854, in-12, broché.

298. Léopold Robert, d'après sa correspondance inédite, par Ch. Clément. *Paris, Didier*, 1875, in-8, cart. tête jasp. non rogné.

Envoi autographe de M. Ch. Clément à M. Mahérault.

299. J.-B. Isabey, sa vie et ses œuvres, par Ed.

Taigny. *Paris, Panckoucke*, 1859, in-8 de 55 pp. cartonné.

Extrait de la *Revue européenne*.

300. Ingres, sa vie et ses ouvrages, par M. Ch. Blanc. *Paris, J. Renouard*, 1870, gr. in-8, portr. et figures sur acier, broché.

301. Charlet, sa vie, ses lettres, suivi d'une description raisonnée de son œuvre lithographique, par M. de la Combe. *Paris, Paulin*, 1856, in-8, portr. cart. tête jaspée, non rogné.

302. Adolphe Moreau. Decamps et son œuvre, avec des gravures en fac-simile des planches originales les plus rares. *Paris, Jouaust*, 1869, in-8, portr. et figures gravées à l'eau-forte, cart. ébarbé.

303. Raffet, sa vie et ses œuvres, par Aug. Bry. *Paris, E. Dentu*, 1861. — Raffet, son œuvre lithographique et ses eaux-fortes, suivi de la bibliographie complète des ouvrages illustrés de vignettes d'après ses dessins, par H. Giacomelli. *Paris*, 1862. Ensemble, 2 ouvrages réunis en 1 vol. in-8, portr. fac-simile et gravures à l'eau-forte, demi-rel. chag. v. éb.

304. Gavarni, l'homme et l'œuvre, par Ed. et J. de Goncourt. *Paris, H. Plon*, 1873, in-8, portr. de Gavarni, gr. à l'eau-forte par Flameng, cart. en perc. bl. non rogné.

Tiré à 30 exemplaires, sur papier vergé. (*Note manuscrite signée de l'auteur sur le faux titre.*)
Envoi autographe signé à M. Mahérault.

305. Gavarni, étude par Georges Duplessis, ornée de 14 dessins inédits. *Paris, Rapilly*, 1876, in-8, broché.

306. Notice historique sur la vie et l'œuvre de Granet, par le docteur P. Silbert. *Aix*, 1862, plaq. in-8 de 47 pp. cart. non rogné.

307. Gleyre, étude biographique et critique, avec le catalogue raisonné de l'œuvre du maître, par Ch. Clément. *Paris, J. Claye*, 1878, fort vol. in-8, 30 photogr. broché.

308. Ph. Burty. Paul Huet. Notice biographique et critique, suivie du catalogue de ses œuvres, etc. *Paris*, 1869, in-8, fig. gr. à l'eau-forte, cart. non rogné.

Envoi autographe signé de l'auteur, à M. P. Pichot.

309. Notice historique sur Alfred Johannot, par M. Feuillet de Conches. Plaq. in-8 de 9 pp. demi-rel. chag. noir.

Extrait de la *Biographie universelle*, tome LXVII.

310. Le Peintre Étienne Jeaurat, essai historique et biographique sur cet artiste, par M. Sylvain Puychevrier. *Paris, Aubry*, 1862, plaq. in-8 de 43 pp. cartonné.

Extrait de l'*Annuaire de l'Yonne* pour 1863. Tiré à 50 exemplaires.

311. Eugène Delacroix, documents nouveaux, par Th. Silvestre. *Paris, M. Lévy*, 1864, in-12, cart. non rogné.

312. Jean-Antoine Constantin, peintre, sa vie et ses œuvres, par Ad. Meyer. *Marseille*, 1860, plaq. gr. in-8 de 33 pp. cartonné.

Extrait du *Plutarque provençal*.

313. Lettres et Pensées d'Hippolyte Flandrin, accompagnées de notes et précédées d'une notice biographique et d'un catalogue des œuvres du maître, par le Vte H. Delaborde. *Paris, H. Plon*, 1865, in-8, portr. sur chine, demi-rel. chag. viol.

314. Brascassat, sa vie et son œuvre, par Ch. Marionneau. *Paris, J. Renouard*, 1872, in-8, portr. cart. tête jasp. non rogné.

315. Is.-Al.-Aug. Pils, sa vie et ses œuvres, par

L. Becq de Fouquières. *Paris, Charpentier*, 1876, gr. in-8 de 58 pp. portr. gr. à l'eau-forte, cart. non rogné.

316. Œuvres de H. Regnault, notice par Th. Gautier. *S. l. n. d.*, in-16, cart. non rogné.

317. Henri Regnault, sa vie et son œuvre, par H. Cazalis. *Paris, Alph. Lemerre*, 1872, in-12, portr. cart. non rogné.

318. Correspondance de H. Regnault, annotée et recueillie par Art. Duparc. *Paris, Charpentier*, 1872, in-12, portr. gr. à l'eau-forte, cart. non rogné.

---

319. Velazquez et ses œuvres, par W. Stirling, traduit de l'anglais par G. Brunet, avec des notes et un catalogue des tableaux de Velazquez, par W. Bürger. *Paris, Renouard*, 1865, in-8, portr. gr. sur bois, cart. non rogné.

320. Mémoire de Velazquez sur quarante et un tableaux envoyés par Philippe IV à l'Escurial, réimpression de l'exemplaire unique (1658), avec introduction, traduction et notes, par le baron Ch. Davillier. *Paris, Aubry*, 1874, in-8, portr. gr. à l'eau-forte par Fortuny, cart. non rogné.

Tiré à petit nombre.

321. Histoire de P.-P. Rubens, suivie du catalogue général de ses tableaux, esquisses et vignettes, par André Van Hasselt. *Bruxelles*, 1840, in-8, portr. lith. sur chine et fig. broché.

322. Hall, célèbre miniaturiste du XVIIIe siècle, sa vie, ses œuvres, sa correspondance, par Fréd. Villot. *Paris*, 1867, in-8, broché.

323. Autobiographical recollections, by the late Ch. Robert Leslie, edited, with a prefatory essay on Leslie as an artist, and selections from his cor-

respondence, by Tom Taylor. *London, J. Murray,* 1860, 2 vol. pet. in-8, portr. gr. sur acier, cart. non rogné.

ARCHITECTURE.

324. Le Vignole moderne, ou Traité élémentaire d'Architecture, composé et gravé par Lucotte. *Paris,* 1722, 2 part. en 1 vol. in-4, titre gr. et planches, demi-rel. v. f. tr. marbrée.

325. Vignole centésimal, ou les Règles des cinq ordres d'architecture de J. Barozzio de Vignole, établies sur une division du module en harmonie avec le système actuel de mesures, suivi du tracé des moulures, par F.-A. Renard. *A Paris, chez Ladrange,* 1842, gr. in-8, planches, cart. ébarbé.

326. Histoire de l'architecture en France, depuis les Romains jusqu'au XVIe siècle, par D. Ramée. *Paris, Franck,* 1846, in-12, vign. sur bois, cart. non rogné.

327. Rabelais et l'Architecture de la renaissance : restitution de l'abbaye de Thélème, par Ch. Lenormant. *Paris, chez Crozet,* 1840, plaq. in-8 de 35 pp. 2 planches, cartonnée.

328. Les Comptes des bâtiments du Roi (1528-1571), suivis de documents inédits sur les châteaux royaux et les Beaux-Arts au XVIe siècle, recueillis et mis en ordre par le Mis L. de Laborde. *Paris, J. Baur,* 1877, in-8, broché.

Tome Ier.

329. Description et histoire du château de Pierrefonds, par Viollet-le-Duc. *Paris, Morel,* 1872, plaq. in-8 de 48 pp. fig. sur bois, cart.

330. Tombeaux de la cathédrale de Rouen, par A. Deville. *Rouen, N. Périaux,* 1833, in-8, fig. cart. non rogné.

331. Notice des dessins et modèles...., pour le concours d'un monument élevé à Desaix. *An IX*, 76 pp. portr. au trait. — Programme du monument à ériger à Desaix. — Liste des souscripteurs pour le monument à Desaix, 44 pp. — Catalogue de dessins..... après le décès de M. Poulain, par G. Constantin, 1803, 31 pp. — Catalogue de livres sur les arts, de feu M Hubert, 40 pp. — Catalogue des livres de feu le C. D. Leroy. *An XI*, 90 pp., etc., etc. Ensemble, 13 pièces réunies en 1 vol. in-8, demi-rel. bas.

332. Description des objets d'art qui décorent ou doivent décorer la grande salle des séances du palais des Pairs. *S. l. n. d.*, plaq. in-8 de 12 pp. cartonné.

333. Beaux-Arts, Édifices et Monuments publics, 15 br. in-12 et in-8.

Notice sur l'hôtel de ville de Paris, par A. F. *Paris*, 1855. — Palais de l'Institut de France. — Itinéraire de l'artiste et de l'étranger dans les églises de Paris. — Notice historique sur l'arc de triomphe de l'Étoile. — Saint-Germain l'Auxerrois, par Aug. Vallet. — Détails sur l'ancienne statue de Napoléon, etc., etc.

SCULPTURE.

334. Description des antiques du Musée royal, commencée par feu M. Visconti, continuée par M. le comte de Clarac. *Paris*, 1820, in-12, demi-rel. veau f. ant.

335. Notice des statues, bustes et bas-reliefs de la galerie des antiques du musée central des arts, ouverte pour la première fois le 18 brumaire an IX. *Paris, s. d.*, in-12, mar. r. comp. dorés sur les plats, doublé de tabis bl. tr. dorée.

336. Description historique et chronologique des monumens de sculpture réunis au musée des monumens français, par Alex. Lenoir. *Paris, an V*, in-8, bas. ant.

337. The British museum. — Elgin and phigaleian marbles. *London*, 1833. 2 vol. in-12, fig. cart. non rognés.

338. Lectures on sculpture, as delivered before the president and members of the Royal Academy, by J. Flaxman. *London*, 1838, in-8, portr. et 52 planches, cart. non rogné.

339. Comparaison entre la tête d'un des chevaux de Venise qui étaient sur l'arc triomphale des Thuilleries, et qu'on dit être de Lysippe, et la tête du cheval d'Elgin du Parthenon, par Haydon. *Londres*, 1818, plaq. in-8 de 15 pp. fig. cart.

340. Statues du pont Louis XVI (avec le plan et la coupe de ce monument), dessinées et gravées par Frémy. *Paris, Renouard*, 1828, in-8, figures au trait, demi-rel. veau ant.

341. Les Statues de la place Napoléon, par Ed. Raynal. *Paris, Jouaust*, 1859, in-12 de 82 pp. cart. ébarbé.

342. Vie d'Edme Bouchardon, sculpteur du Roi (par le Cte de Caylus). *A Paris*, 1762, in-12, cart.

343. Notice sur J.-A. Houdon (1741-1828), par MM. E. Délerot et A. Legrelle. *Versailles*, 1856, in-8, mar. vert, jans. dent. int. tr. dor. (*David*.)

344. La Vie et les OEuvres de J.-B. Pigalle, sculpteur, par Tarbé. *Paris, Renouard*, 1859, in-8, demi-rel. chag. grenat, tête jasp. non rogné.

345. L'Esprit moderne dans la statuaire. — François Rude — (par Marc Trapadoux). *S. l. n. d.*, plaq. in-8 de 30 pp. cartonné.

Extrait de la *Revue européenne* (tome XIV, pp. 65 à 94).

346. Simart, statuaire, étude sur sa vie et sur son œuvre, par M. Gust. Eyriès. *Paris, Didier, s. d.*, gr. in-8, portr. cart. non rogné.

347. Roland et ses ouvrages, par David (d'Angers). *Paris, Pagnerre*, 1847, plaq. in-8 de 40 pp. portr. en médaillon, cartonné.

348. Description des statues des Tuileries, par A.-L. Mellin. *Paris, an VI* (1798), in-12, demi-rel. v. f. ant.

349. Œuvre de Canova, recueil de gravures d'après ses statues et ses bas-reliefs, exécutées par M. Réveil, accompagné d'un texte explicatif de chacune de ses compositions, et d'un essai sur sa vie et ses ouvrages, par M. H. de Latouche. *Paris, Audot*, 1825, gr. in-8, portr. et figures au trait, demi-rel. avec c. mar. la Vall. fil. doré en tête, non rogné. (*Arnold.*)

350. Note d'un compilateur sur les sculpteurs et les sculptures en ivoire (par Ph. de Chennevières). *S. l. n. d.*, plaq. in-8 de 91 pp. cartonné.

Extrait de *la Picardie*, revue littéraire et scientifique.

GRAVURE. — LIVRES A FIGURES.

351. Traicté des manières de graver en taille-douce sur l'airin par le moyen des eaux fortes et des vernix durs et mols, par A. Bosse. *A Paris*, 1645, pet. in-8, figures, vélin.

352. Idée de la gravure, par de Maranay de Ghuy. *Paris*, 1764. — La Photographie au palais des Beaux-Arts, par Ph. Burty. *Paris, Claye*, 1859. — Notice sur M. Clodion (sculpteur), par A. Dingé. — Éloge de Jean de Bologne, par H.-R. Duthillœul. *S. l. n. d.*, planches au trait. Ens. 4 br. gr. in-8 et in-4.

353. Notice historique sur l'art de la gravure en France, par P.-P.... Ch...... (Choffard). *Paris, an XII*, 1804, in-8, 62 pp., vig. de Choffard, cart. non rogné.

354. Les Merveilles de la gravure, par G. Duplessis. *Paris, Hachette*, 1869, in-12, nombr. gr. sur bois dans le texte, cart. non rogné.

355. Histoire de la gravure en France, par G. Duplessis. *Paris, Rapilly*, 1861, in-8, cart. non rogné.

356. De la Gravure de portrait en France, par G. Duplessis. *Paris, Rapilly*, 1875, in-8, broché.

357. Manuel de l'Amateur d'estampes, faisant suite au Manuel du Libraire, etc., par F.-E. Joubert. *A Paris*, 1821, 3 vol. in-8, cart. non rogné.

358. Manuel de l'Amateur d'estampes, par M. Ch. Le Blanc. *Paris, P. Jannet*, 1850-57, 9 fasc. in-8, brochés.

Livraisons I à IX.

359. Voyage d'un iconophile, revue des principaux cabinets d'estampes, bibliothèques et musées d'Allemagne, de Hollande et d'Angleterre, par Duchesne. *Paris*, 1834, in-8, cart. non rogné.

360. Le Pourtraict de l'iconophile parisien painct au vif, par A. Bonnardot. *Paris*, *Dumoulin*, 1852, in-12, cart. non rogné.

Tiré à 200 exemplaires.

361. Notice des estampes exposées à la Bibliothèque royale, formant un aperçu historique des produits de la gravure, par Duchesne. *Paris*, 1837, in-8, demi-rel. mar. viol. tr. jaspée.

362. Notice sur les estampes gravées par Marc-Antoine Raimondi d'après les dessins de J. Romain et accompagnées de sonnets de l'Arétin, par C.-G. de Murr. *Bruxelles, A. Mertens*, 1865, plaq. in-8, de 69 pp. cart. non rogné.

363. Le Peintre graveur français, ou Catalogue raisonné des estampes gravées par les peintres et les

dessinateurs de l'école française, par A.-P.-F. Robert-Dumesnil. *Paris*, 1835-42, 3 vol. in-8, broché.

Ce sont les tomes I, II et VI.

364. Le Peintre graveur français continué, ou Catalogue raisonné des estampes gravées par les peintres et les dessinateurs de l'École française nés dans le XVIIIe siècle, par Prosper de Baudicour. *Paris*, 1859, 2 tomes en 1 vol. in-8, cart. tête jasp. éb.

365. Essai typographique et bibliographique sur l'histoire de la gravure sur bois, par Ambr. F.-Didot, pour faire suite aux Costumes anciens et modernes de César Vecellio. *Paris*, 1863, in-8, broché.

366. Notice sur les artistes graveurs de la Champagne, par M. le baron Chaubry de Troncenord. *Châlons*, 1858, plaq. in-8 de 24 pp. cartonnée.

367. Les Graveurs troyens. — Recherches sur leur vie et leurs œuvres avec fac-simile, par M. Corrard de Breban. *Paris*, *Rapilly*, 1868, in-8, pap. de Holl. cart. non rogné.

368. Catalogue de l'œuvre de Abraham Bosse, par G. Duplessis. *Paris*, 1859, gr. in-8, cart. tête jasp. non rogné.

369. Notice sur la vie et les travaux de Gérard Audran, graveur du roi, par G. Duplessis. *Lyon*, *L. Perrin*, 1858, plaq. in-8 de 39 pp. demi-rel. veau vert, non rogné.

370. Jules Hédou. — Noël Le Mire et son œuvre, suivi du Catalogue de l'œuvre gravé de Louis Le Mire. *Paris*, *Baur*, 1875, in-8, portr. gr. à l'eau-forte, broché.

Exemplaire sur GRAND PAPIER DE HOLLANDE.

371. Mémoires et Journal de J.-G. Wille, graveur

du roi, publiés par G. Duplessis, avec une préface par Ed. et J. de Goncourt. *Paris, J. Renouard*, 1857, 2 vol. in-8, cart. non rogné.

372. Les Drevet (Pierre, Pierre-Imbert et Claude). — Catalogue raisonné de leur œuvre, précédé d'une introduction, par Ambr. Firmin-Didot. *Paris, F.-Didot*, 1876, in-8, portr. broché.

373. Biographie et Catalogue de l'œuvre du graveur Miger, par M. Em. Bellier de la Chavignerie. *Paris, Dumoulin*, 1856, in-8, portr. cart. tête jasp. non rogné.

374. Les Gravures françaises du XVIIIe siècle, ou Catalogue raisonné des estampes, eaux-fortes, pièces en couleur, au bistre et au lavis, de 1700 à 1800, par Emm. Bocher. *Paris, chez Rapilly*, 1875-77, 4 fasc. in-4, brochés.

1er fascicule. — Nicolas Lavreince, portr. gr. à l'eau-forte.
2e fasc. — P.-Ant. Baudoin, avec une reproduction héliographique.
3e fasc. — J.-B. Siméon Chardin, portr. gr. à l'eau-forte.
4e fasc. — Nicolas Lancret, portr. gr. à l'eau-forte.
Envoi autographe signé de l'auteur à M. Mahérault.

375. Iconographie de Marie-Antoinette, 1770-1793, par le baron de Vinck. *Bruxelles, Olivier*, 1878, br. in-8 de 31 pages.

Tiré à très petit nombre. Extrait du *Bibliophile belge*, t. XIII.

376. Liste des portraits dessinés, gravés ou lithographiés des députés à l'Assemblée nationale de 1789, par Soliman Lieutaud. *Paris*, 1854, in-8, cart. tête jasp. non rogné.

377. XVIIIe siècle. — Jean-Baptiste Nini, ses terres cuites, par A. Villers. *Blois*, 1862, plaq. in-8 de 63 pp. cart. non rogné.

378. G. Duplessis. — Les Graveurs sur bois contemporains. *Paris*, 1857, plaq. in-8 de 48 pp. cartonné.

Extrait de l'*Artiste*.

379. L'Œuvre de Ch. Jacque. Catalogue de ses eaux-fortes et pointes sèches, dressé par J.-J. Guiffrey. *Paris, Lemaire,* 1866, in-8, fig. à l'eau-forte, broché.

380. Catalogue de l'œuvre lithographique de M. J.-E. Horace Vernet. *Paris,* 1826, in-8 de 68 pp. cartonné.

Tiré à 60 exemplaires. L'auteur est M. Bruzard, économe du collège Louis-le-Grand et amateur de goût, dont on a vendu la riche collection de dessins (XVIIIe et XIXe siècles) et de lithographies en 1839. On a ajouté une pièce manuscrite de la main de l'éditeur, formant la suite de l'œuvre de H. Vernet.

381. Catalogue raisonné de l'œuvre gravé de J.-Ch. Le Vasseur, d'Abbeville, précédé d'une notice sur sa vie et ses ouvrages, par Em. Delignières. *Abbeville,* 1865, in-8 de 72 pp. portr. lith. cart. non rogné.

382. Catalogue de l'œuvre gravé et lithographié de R.-P. Bonington, par Aglaüs Bouvenne. *Paris,* 1873, plaq. in-8 de 33 pp. portr. gr. à l'eau-forte, cart. non rogné.

383. Catalogue de l'œuvre de Robert Strange, graveur, avec une notice biographique, par M. Ch. Le Blanc. *Leipsic, R. Weigel,* 1848, in-8 de 72 pp. cartonné.

384. Iconographie lilloise. — Graveurs et amateurs d'estampes de Lille, par M. Art. Dinaux. *Valenciennes, s. d.,* in-8 de 70 pp. cart. non rogné.

Extrait des *Archives du nord de la France et du midi de la Belgique.*

---

385. Gynæceum, sive Theatrum mulierum, in quo præcipuarum omnium per Europam imprimis nationum, gentium, etc., fœmineos habitus videre est, artificiossimis figuris expressos a Jodoco Amano, additis octostichis Franc. Modii. *Francoforti, impensis Sigis. Feyrabendii,* 1586, pet. in-4, demi-rel. bas. antique.

Recueil de 122 jolies gravures en bois, avec une explication en vers latins; en 120 ff. non chiffrés y compris le titre, le dernier feuillet porte la marque de Feyrabendii.

— Même ouvrage, même édition, veau antiq. (*Un peu plus court de marges que celui ci-dessus.*) Il manque à cet exemplaire les feuillets suivants : A-4, B-2 et 3, E-2 et 3, M-I et N, N-2 et 3, CC-2 et 3 et DD-2 et 3.

386. Habiti antichi et moderni di tutto il mondo, di Cesare Vecellio ; di nuovo accresciuti di molte figure. Vestitus antiquorum, recentiorumque totius orbis, per Sulstatium Gratilianum senapolensis latine declarati. *In Venetia, appresso i Sessa* (In fine :) *In Venetia*, 1598, *appresso Gio. Bernardo Sessa*, in-8, figures sur bois au verso de chaque feuillet, vélin.

Conforme à la description donnée par Brunet. (*Manuel.*)

387. Le Tableau des riches inventions couvertes du voile des feintes amoureuses, qui sont représentées dans le songe de Soliphile desvoilées des ombres du songe et subtilement exposées, par Béroalde. *A Paris, chez Mathieu Guillemot*, 1600, in-4, joli titre gr. et figures sur bois, veau antique.

Exemplaire court de marges. La planche représentant le Sacrifice à Priape est intacte.

388. Collection de vingt estampes représentant des sujets de la Messiade, poème épique, de Klopstock, gravées par M. John d'après Füger, pour la traduction hollandaise du poème par M. Meerman. *Paris, Treuttel et Wurtz*, 1813, in-fol. planches, cart. non rogné.

389. Iconologie, où les principales choses qui peuvent tomber dans la pensée touchant les vices et les vertus sont représentées soubs diverses figures gravées en cuivre par J. de Bie et moralement explicquées par J. Baudoin. *A Paris*, 1677, 2 part. en 1 vol. in-4, front. gr. et figures en médaillon, veau ant. marbré.

390. Galerie poétique, renfermant, en plusieurs parties de cinquante planches chacune, une suite

de sujets gravés à l'eau-forte......., avec une courte explication en vers de chacun des sujets, etc., etc. Métamorphoses d'Ovide. *A Paris, chez Costard-Valade*, 1772, 2 part. en 1 vol. in-12, front. gr. et figures, demi-rel. chagr. r. doré en tête, non rogné.

391. Napoléon et ses contemporains, suite de gravures représentant des traits d'héroïsme, de clémence, de générosité, de popularité, avec texte, publiée par Aug. de Chambure. *Paris, Bossange*, 1824, in-4, portr. et figures, demi-rel. avec c. v. f. ant. non rogné. (*Bauzonnet.*)

Ce volume est orné de 47 gravures sur chine, de Devéria, Charlet et autres, dont un portrait de Napoléon, par Laugier, d'après Steuben, lettres grises, papier de Chine. Premières épreuves de souscription.

392. Concours décennal, ou Collection gravée des ouvrages de peinture, sculpture, architecture et médailles mentionnés dans le rapport de l'Institut. *Paris, chez Filhol*, 1812, in-4, 30 planches, cart. non rogné.

Exemplaire sur GRAND PAPIER VÉLIN avec les ÉPREUVES AVANT LA LETTRE. On y a ajouté QUATRE EAUX-FORTES pour les sujets suivants : *Les Trois âges. — Les Sabines. — La Famille de Priam. — Sacre et couronnement de Buonaparte et de Joséphine.*

393. French scenery from drawings made in 1819, by captain Batty. *London*, 1822, gr. in-8, figures sur acier, demi-rel. avec c. mar. r. non rogné.

Le titre gravé représente le piédestal de la colonne de la place Vendôme (côté de l'entrée).

394. Journal des gens du monde, tome Ier. *Paris*, 1833, in-8, figures lith. n. et col. et musique notée, cart. non rogné.

395. Gavarni in London : Sketches of life and character, with illustrative essays by popular writers, edited by Alb. Smith. *London, D. Bogue*, 1849, gr. in-8, portr. et figures, cart. tr. dorée.

396. Société d'aquarellistes français, 1879, 1re ex-

position. — Catalogue. *Paris, Jouaust*, 1879, gr. in-8, broché.

Exemplaire EN GRAND PAPIER. Vingt-sept gravures à l'eau-forte.

MUSIQUE.

397. Dictionnaire de musique complet, par Ch. Soullier. *Paris, A. Leduc, s. d.* in-8, broché.

398. Lois du chant d'église et de la musique moderne, par A. Herland. *Paris, V. Didron*, 1854, gr. in-8, cart. non rogné.

399. A. Boieldieu, sa vie et ses œuvres, par G. Héquet. *Paris*, 1864, gr. in-8, cart. non rogné.

400. Huit romances, chansonnettes et nocturnes, avec accompagnement de piano, paroles de Bétourné, musique de Th Labarre. *Paris, chez Troupenas, s. d.*, in-4, musique notée et vig. en tête de chaque chant.

401. Mélodies romantiques, par Mme J. Mennessier, née Ch. Nodier. *Paris, Troupenas*, 1831, in-4, vig. et musique notée, cart.

402. Le Musée du Conservatoire national de musique. Catalogue raisonné des instruments de cette collection, par Gust. Chouquet. *Paris, F.-Didot*, 1875, gr. in-8, cart. en t. bl. non rogné.

Envoi autographe signé de l'auteur à M. Ch. Jourdain.

403. Brochures sur la musique, 12 br. in-8.

Mémoire sur l'origine de la musique. — Nouvel Essai sur la tradition du chant grégorien par Aloys Kunc. *Toulouse*, 1867. — De la musique dans la tragédie grecque à l'occasion de la représentation d'Antigone. — A. H. Vincent. De la musique des anciens Grecs. *Arras*, 1854. — Analyse du traité de métrique et de rythmique de Saint Augustin, intitulée : *De Musica. Paris*, 1849. — Leçons élémentaires de lecture musicale, par Tiersot. *Bourg*, 1867. — Dissertation sur le rythme chez les anciens, par Vincent. *Paris*, 1845, etc., etc.

SCIENCES ET ARTS.

SCIENCES THÉOLOGIQUES, PHILOSOPHIQUES ET NATURELLES. — MÉDECINE. — MATHÉMATIQUES. ARTS DIVERS.

404. Institutiones christianæ, seu Parvus Cathechismus catholicorum, primum a P.-Joanne-Baptista Romano, Soc. Jesu, imaginibus distinctus; postea æris formis, ad Petri Canisii institutiones, eleganter expressus. *Antuerpiæ, Christophorus Plantin*, 1589, pet. in-8, figures sur bois avec encadrements, veau ant.

405. Abrégé de la vie de Jésus-Christ, par Bl. Pascal, publié par M. Prosper Faugère, d'après un manuscrit récemment découvert avec le testament de Bl. Pascal. *Paris, Andrieux*, 1846, in-8, de 72 pp. demi-rel. v. r.

406. Lettres de quelques Juifs portugais, allemands et polonais, à M. de Voltaire. *Paris*, 1776, 3 vol. in-12, veau marb.

407. Pour et contre la Bible, par Sylvain M*** (Maréchal). *A Jérusalem, l'an de l'ère chrétienne*, 1801, in-8, demi-rel. v. r. non rogné.

408. Eloge non funèbre de Jésus et du christianisme. *Imprimé sur les débris de la Bastille et des buchers de l'Inquisition, l'an deuxième de la liberté, et du Christ*, 1791, in-8, de 102 pp. demi-rel. avec c. v. bl. tr. dorée.

409. Corneille et Gerson dans l'Imitation de Jésus-Christ, par Onésime Leroy. *Paris, Ad. Leclère*,

1842, in-8, front. et titre encadré, demi-rel. veau f. tr. marb.

---

410. Montaigne magistrat, par Alph. Grün. *Paris*, 1854, plaq. in-8, de 48 pp. cart.

411. Mélanges sur Montaigne, env. 30 br. in-8.

Éloge de Montaigne, par Jay. — Éloge de Montaigne, par V. Fabre, 1812. — Éloge..., par Vincens, 1812. — Éloge..., par Le Clerc, 1812, — Une lettre inédite de Montaigne, par Ach. Jubinal. *Paris*, 1850. — Lettres inédites de M. de Montaigne publiées par F. de Conches. *Paris, Plon*. 1863, — Encore une lettre inédite de Montaigne, *Londres*, 1850. — Documents inédits sur Montaigne, par Payen. — Recherches sur l'auteur des épitaphes de Montaigne, par R. Dezeimeris, 1861. — Le Tombeau de Montaigne, par Lapaume. *Rennes*, 1859.

412. Notice bibliographique sur Montaigne, par J.-F. Payen, D. M. *Paris, Duverger*, 1837, in-8, de 72 pp. portr. lith. et fac-simile, demi-rel. chag. r.

Tiré à très petit nombre. On a ajouté à cet exemplaire un beau portrait de Montaigne, gr. par Ficquet, en 1772, d'après Dumonstier. Envoi autographe signé de l'auteur à M. Buchon.

413. Michel de Montaigne, sa vie, ses œuvres et son temps, par F. Bigorie de Laschamps. *Paris*, 1860, in-12, cart. non rogné.

414. Théophile Malvezin. — Michel de Montaigne, son origine, sa famille. *Bordeaux, Ch. Lefebvre*, 1875, in-8, br.

415. Notices et Observations pour préparer et faciliter la lecture des Essais de Montaigne, par M. Vernier. *Paris*, 1810, 2 vol. v. r.

416. Études sur Montaigne. Analyse de sa philosophie, par Et. Catalan. *Paris*, 1846, in-12, demi-rel. veau viol. tête jaspée, éb.

417. Notice bio-bibliographique sur la Boëtie, l'ami de Montaigne, suivie de la Servitude volontaire, par le Dr Payen. *Paris, F.-Didot*, 1853, in-8, fig. br.

418. La Bruyère et La Rochefoucauld. — Mme de La Fayette et Mme de Longueville. *Paris, H. Fournier*, 1842, in-12, cart. non rogné.

419. Sentiments critiques sur les caractères de M. de la Bruyère. *Paris, chez M. Brunet*, 1701, in-12, v. granit.

Coste, dans sa défense de la Bruyère, dit qu'on regardait communément Vigneul-Marville (B. d'Argonne), comme l'auteur des *Sentiments critiques*.

420. Olbie, ou Essai sur les moyens de réformer les mœurs d'une nation, par J.-B. Say. *A Paris, chez Deterville, an VIII de la Rép.*, in-8, cart. non rogné.

421. Réflexions et Maximes, par M. de Lingrée. *Paris, J. Didot*, 1827, in-12, br.

Envoi autographe de l'auteur à M. Briffaut.

422. Le Brahme voyageur ou la Sagesse populaire de toutes les nations ; précédé d'un Essai sur la philosophie de Sancho, par F. Denis. *Paris, A. Ledoux*, 1834, in-12, fig. de Devéria, br.

423. Philosophie morale, 4 br. in-8.

Avis d'un père proscrit à sa fille, 1812. — De la Philosophie moderne, et de la part qu'elle a eue à la Révolution française, par Rœderer. *Paris, an VIII.* — L'Athéisme dénoncé par lui-même, par Delalande. — Antidote de l'athéisme, etc.

424. Collection des moralistes anciens. *A Paris, chez Didot et de Bure*, 1782-83, 2 vol. in-18, br.

Pensées morales d'Isocrate. — Manuel d'Epictète.

425. Esprit des moralistes, recueil de pensées, réflexions, maximes et sentences, par M. V.... de la P... *Paris*, 1859, in-8, cart. non rogné.

---

426. Brochures politiques, droit. 4 br. in-8.

Constitution de 1852 et décrets organiques. — L'École méditative, surnumérariat des députés, par Fél. Haury. — Considérations sur l'ordre, aperçu sur la science des découvertes. — De l'Action individuelle dans l'éducation chrétienne.

427. Le Bon Sens d'un homme de rien, ou la Vraie Politique, à l'usage des simples, par J. Bernard. *Paris*, *Moutardier*, 1829, in-8, demi-rel. avec c. v. r.

428. Économistes contemporains. — Léon Faucher (par L. Reybaud), plaq. gr. in-8, de 35 pp. cart.

Extrait de la *Revue des Deux Mondes*, liv. du 15 mai 1861.

---

429. La Clef de la science ou les Phénomèmes de la nature expliqués, par le Dr E.-C. Brewer. *Paris, J. Renouard*, 1854, in-12, br.

430. Flore latine des dames et des gens du monde ou Clef des citations latines que l'on rencontre fréquemment dans les ouvrages des écrivains français, par M. P. Larousse, avec une préface de M. J. Janin. *Paris, Larousse et Boyer*, *s. d.*, in-8, fig. photographiées, cart. en perc. v. non rogné.

---

431. Anatomie descriptive du corps humain, suivie d'un Précis d'anatomie des formes, par Ant. Bossu. *Paris, s. d.*, in-8, cart. non rogné.

432. Anatomie du gladiateur combattant, ou Traité des os, des muscles, du mécanisme, des mouvemens, des proportions et des caractères du corps humain, par Jean-Galbert Salvage. *Paris*, 1812, in-fol. 22 planches, demi-rel. bas ant. non rogné.

433. Physiologie de l'espèce, histoire de la génération de l'homme, précédée de l'étude comparative de cette fonction dans les divisions principales du règne animal, par G. Grimaud de Caux et J.-G. Martin-Saint-Ange. *Paris, chez H. Cousin*, 1837, gr. in-4, demi-rel. v. bl. éb.

Il a été tiré cent exemplaires seulement sur ce format.

Cet exemplaire contient la suite des planches lith. en trois états différents : 1° papier blanc ; 2° papier de Chine ; 3° coloriées.

434. Dissertations sur les variétés naturelles qui caractérisent la physionomie des hommes des divers climats et des différents âges, etc., ouvrage posthume de M. P. Camper, traduit du hollandais, par Jansen. *A Paris, chez Francart,* 1792. in-4, planches, cart. non rogné.

435. Lettre à M. le Dr Pariset, sur les médecins et la médecine, sur l'Institut et le Collège de France, sur Champfort, Andrieux, Mirabeau, le tombeau d'Agnès Sorel, etc., par F. Grille. *Paris, Techener,* 1847, br. in-8, de 52 pp.

TRÈS RARE.

436. Hygiène des yeux ou Traité des Moyens d'entretenir la vue, de fortifier la vue faible, etc., etc., par J.-A. Goullin. *Paris,* 1843, in-8, br.

437. Dr L. Noirot. — La Callipédie contemporaine ou l'Art d'avoir des enfants sains de corps et d'esprit. *Paris, Dentu,* 1869, in-12, cart. non rogné avec la couverture imprimée.

438. Essai sur la Mégalanthropogénésie, ou l'Art de faire des enfants d'esprit, qui deviennent de grands hommes, par Robert le jeune. *Paris, an X,* 1801, in-12, br.

439. Garçon et Fille hermaphrodites, vus et dessinés d'après nature. *Paris, s. d.,* in-8, 13 pp. de texte et 2 figures, veau marbr. fil. tr. dor.

Ces figures doivent avoir été dessinées par Moreau le jeune ; la gravure en est attribuée à de Ghendt, un des graveurs habituels des vignettes de Moreau.

440. Atlas de cosmographie, par Soulier et Nicollet. — Planisphère céleste, système planétaire, théorie des saisons, révolution de la terre autour du soleil, phases et mouvements de la lune. *Paris, s. d.,* in-fol. 5 cartes col. montées sur onglets, cart.

441. Recherches sur les almanachs et calendriers

principalement du XVIe au XIXe siècle avec notices bibliographiques sur les almanachs divers, notamment à l'époque de la Révolution, par F. Pouy. *Amiens*, 1874, in-8, cart. éb.

442. Concordance de l'annuaire et du calendrier, pour 50 années. *Paris, F.-Didot,* 1823, br. in-8, de 16 pp.

443. The Book of archery, by George Agar Hansard. *London*, 1840, in-8, figures sur acier, et planches au trait, cart. perc. v. non rogné.

444. Histoire de l'armée et de tous les régiments depuis les premiers temps de la monarchie française jusqu'à nos jours, par M. Ad. Pascal, avec des tableaux synoptiques par M. Brahaut, et des tableaux chronologiques par M. le capitaine Sicard. *Paris, A. Barbier,* 1847-50, 4 vol. gr. in-8, vig. sur bois, broché.

445. Ordonnance du roi, du 4 mars 1831, sur l'exercice et les manœuvres de l'infanterie. *A Paris, de l'Impr. roy,* 1831, 2 vol. in-fol. dont un de planches, demi-rel. v. f. tr. marb.

---

446. Dictionnaire militaire portatif, par Ed. Legrand, capitaine au 16e léger. *Paris, Delloye,* 1837, in-12, veau r. comp. dorés et à fr. sur les plats, tr. dorée.

Envoi autographe signé de l'auteur à M. Mahérault, maître des requêtes, chef de division au ministère de la guerre.

447. Encore un mot sur l'armée (par M. Bedeau, capitaine au corps royal d'état-major). *Paris,* 1835, 110 pp. — Examen de la question de l'obéissance militaire dans les rapports de l'armée avec les citoyens (par le même, depuis général). *Paris,* 1836, 45 pp. Ens. 2 ouvr. réunis en 1 vol. in-8, cart. non rogné.

448. Annuaire de l'état militaire de France, pour

l'année 1848, publié sur les documents du ministère de la guerre, avec autorisation du roi. *Paris, Levrault*, 1848, fort vol. in-12, broché.

Ce livre était tiré et allait être publié lorsque éclata la révolution de février 1848. Un ordre du ministre de la guerre en interdit la publication et prescrivit l'établissement d'un nouvel annuaire militaire pour 1848, comprenant tous les changements survenus dans l'organisation et le personnel de l'armée par suite des événements.

449. Notice des collections au musée de marine exposées dans les galeries du musée impérial du Louvre, par L. Morel-Fatio. *Paris, Vinchon*, 1853, in-8, broché.

Première partie : Musée naval. Exemplaire sur papier de Hollande.

---

450. Dictionnaire d'hippiatrique et d'équitation, par F. Cardini. *Paris*, 1845, in-8, planches, demi-rel. mar. La Vall. doré en tête, non rogné. (*Texte à deux colonnes.*)

451. Recueil curieux de pièces originales rares ou inédites en prose et en vers sur le costume et les révolutions de la Mode en France, par le bibliophile Jacob (Paul Lacroix). *Paris, s. d.*, in-8, cart. non rogné.

452. Histoire du journal *la Mode*, par le Vte E. de Grenville. *Paris*, 1861, in-8, broché.

453. Petit Dictionnaire des inventions. *Paris*, 1820 in-12, front. gr. cart. non rogné.

454. Réunion de Manuels Roret. 8 vol. in-12, avec pl. cart. et rel.

Fabricant de cadres, *s. d.* — Peintres en bâtiments, 1825. — Miniature, 1827. — Dessinateur, 1827. — Typographie, 1835. — Poids et mesures, 1840. — Coloristes, 1856. — Relieur, 1866.

455. Esquisses photographiques de l'Exposition universelle et la guerre d'Orient, par Ern. Lacan. *Paris*, 1856, in-12, broché.

456. Exposition de 1867. — Délégation des ouvriers relieurs. *Paris*, 1868, 2 vol. in-12, br.

457. Explication historique des tapisseries, ouvrages de la couronne, qui seront exposés le 6 juin 1765. *Paris*, 1765, br. in-12, de 12 pp. dérel.

458. Notice sur quelques-unes des pièces qui entrent dans l'exposition des manufactures royales de porcelaine de Sèvres, de tapisseries des Gobelins, de tapisseries de Beauvais, des tapis de la Savonnerie, de mosaïque de Paris, faite au Musée royal, le 1er janvier 1823 (à 1850). *Paris, Plassan*, 1823-50, 8 pièces réun. en 1 vol. in-12, demi-rel. v. fauve.

459. Notice sur quelques-unes des pièces qui entrent dans l'exposition des manufactures royales de porcelaines et vitraux de Sèvres, de tapisseries et tapis des Gobelins, faite au palais du Louvre, au 1er mai 1842. *Paris, Vinchon*, 1842, plaq. in-12, de 33 pp., mar. viol. comp. dorés sur les plats, tr. dor.

460. Notice historique sur les manufactures impériales de tapisseries des Gobelins et de tapis de la Savonnerie, précédée du catalogue des tapisseries qui y sont exposées, par A. L. Lacordaire. *Paris*, 1855, in-8, cart. tête jasp. non rogné.

461. La Locomotion. — Histoire des chars, carrosses, omnibus et voitures en tous genres, par D. Ramée. *Paris, Amyot*, 1856, in-12, figures, cart. non rogné.

462. Essai sur la calligraphie des manuscrits du moyen âge et sur les ornements des premiers livres d'heures imprimés, par E.-H. Langlois. *Rouen*, 1841, in-8, figures, demi-rel. mar. grenat, doré en tête, éb.

463. L'Art d'écrire, par Ant. Rondelet. *Paris, L. Vives*, 1877, in-8, broché.

464. Le Bric-à-brac, avec son catalogue raisonné, par Fr. Grille. *Paris*, *Ledoyen*, 1853, 2 tomes en 1 vol. in-12, cart. non rogné.

BELLES-LETTRES.

LINGUISTIQUE.

465. Vocabulaire universel latin-françois, contenant les mots de la latinité des différens siècles (avec les mots barbares des lois barbares), à l'exception de ceux qui sont analogues à la langue françoise (par M. Chompré). *Paris*, 1754, in-12, veau ant.

Exemplaire couvert de notes manuscrites.

466. Glossarium eroticum linguæ latinæ... auctore P. P. (P. Pierrugues). *Parisiis*, *apud Dondey-Dupré*, 1826, in-8, demi-rel., veau r. tr. jasp.

467. Essai d'un dictionnaire historique de la langue française. *Paris*, *Techener*, 1847, br. in-4.

Premier fascicule.

468. Dictionnaire de l'Académie française, sixième édition. *Paris*, *F.-Didot*, *s. d.*, 2 vol. in-4, veau f. ant.

469. Dictionnaire universel de la langue française, avec le latin et l'étymologie, etc., par P.-C. Boiste. *Paris*, *F.-Didot*, *P.-J. Rey*, 1851, in-4 (*texte à trois colonnes*), avec le suppl. demi-rel. chag. r.

470. Le Cabinet secret du Dictionnaire de l'Académie ou Vocabulaire critique de certains mots qui

ne devraient pas se trouver dans le dictionnaire de la docte assemblée. *Paris*, 1846. — La Presse parisienne, statistique bibliographique et alphabétique de tous les journaux nés, morts, ressuscités et métamorphosés à Paris, depuis le 22 février 1848, jusqu'à l'empire, par H. Izambard. *Paris*, 1853. — F. Maillard. Histoire anecdotique et critique de la presse parisienne, 2e et 3e année. *Paris*, 1859. — Bévues parisiennes, les journaux, les revues, les livres, par le baron Gaston de Flotte. *Paris*, 1860. — L. Rossignol. Nos petits Journalistes. *Paris*, 1865. Ens. 5 vol. in-12, brochés.

471. T. Roberston. Manuel des gens de lettres ou Dictionnaire idéologique, recueil des mots, des phrases, des idiotismes et des proverbes de la langue française. *Paris, Derache, s. d.*, in-8, broché.

472. Conformité du langage françois avec le grec, par P. Estienne, publié par L. Feugère. *Paris*, 1853, in-12, cart., éb.

473. Examen critique de l'ouvrage intitulé des Variations du langage français depuis le XIIe siècle, par Guessard. *Paris, F.-Didot*, 1846, gr. in-8, broché.

474. Remarques sur la réforme de l'orthographe française, adressées à M. Ed. Raoux, par Ambr. F.-Didot. *Paris, Didot*, 1872, gr. in-8, de 68 pp. cart. non rogné.

Envoi autographe signé de l'auteur à M. De Ratisbonne.

475. Réflexions sur le style original, par le Mis du Roure. *S. l. n. d.* (*Paris*, 1828), gr. in-8, pap. de Holl. demi-rel. avec c. v. f. (*Purgold.*)

Tiré à 60 exemplaires.

POÈTES.

476. Publii Virgilii Maronis carmina omnia perpetuo commentario ad modum Joannis Bond explicuit Fr. Dubner. *Parisiis*, *F.-Didot,* 1858, in-18, cart. non rogné.

Exemplaire à filets rouges avec vignettes photographiées.

477. Publius Virgilius Maro. Bucolica, Georgica. et Æneis. *Paris, F.-Didot,* 1833, in-18, broché.

478. Quinti Horatii Flacci opera, cum novo commentario ad modum Joanis Bond. *Parisiis*, *F.-Didot*, 1855, in-18, cart. non rogné.

Exemplaire à filets rouges avec vignettes photographiées.

479. Coup d'œil général sur Horace et ses œuvres, discours prononcé par M. Patin, le 30 novembre 1844. Plaq. in-8, de 31 pp. cart.

Extrait de la *Revue de Paris*.

480. Odes d'Horace, traduction variorum en vers, publiées depuis le siècle dernier jusqu'à nos jours, avec le texte latin, des arguments et des notes, par Melchior Potier. *Paris*, *L. Potier*, 1867, in-12 broché.

481. Catulle, traduit par Denanfrid. — Tibulle, traduction de Mirabeau. — Properce, traduction de Delongchamps. — Veillée de Vénus. *Paris, Lefèvre, Garnier*, 1845, in-12, demi-rel. chag. r. tr. jasp.

482. Erotopsie ou Coup d'œil sur la poésie érotique et les poètes grecs et latins qui se sont distingués en ce genre. Ouvrage pouvant faire suite à celui du docteur Petit-Radel, intitulée : *De Amoribus Pancharitia et Zoroæ. Paris, an X*, 1802, in-8, cart. non rogné.

483. Poésies de Clotilde de Surville, poète fran-

çais du XVe siècle. *Paris, Nepveu,* 1825, in-18, figures, demi-rel. veau gr. non rogné. (*Thouvenin.*)

484. L'Art poétique de Jean Vauquelin, sieur de la Fresnaye (1536-1607), publié par Ach. Genty. *Paris, Poulet-Malassis,* 1862, in-12, carré portr. photogr. cart. tête jasp. non rogné.

485. La Poétique de Jules de la Mesnardière. *A Paris, chez Ant. de Sommaville,* 1640, in-4, veau ant. fil.

486. Œuvres complètes de Boileau, avec des notes historiques et littéraires, par M. Berriat-Saint-Prix. *Paris, chez Philippe,* 1837, 4 vol. in-8, portr. figures et fac-simile, demi-rel. mar. viol. tr. marbr.

487. Œuvres de J. La Fontaine. — Fables. *Paris, Brière,* 1824, 2 vol. in-18, cart. non rogné.

De la collection des Classiques françois dirigée par L.-S. Auger.

488. Fables de La Fontaine. *Paris,* 1825, 2 vol. in-64, broché.

De la collection des Classiques en miniature.

489. Fables de La Fontaine, édition illustrée par J.-J. Grandville. *Paris, Fournier.* 1838. 2 vol. in-8, front. et vig. sur bois, demi-rel. bas. ant.

490. Hommages poétiques à La Fontaine, choix de pièces en vers, composées en l'honneur de ce fabuliste, par J.-B. Rousseau, Racine, Voltaire, etc. *Paris, chez A. Nepveu,* 1821, in-18, portr. mar. viol. comp. dorés sur les plats, tr. dorée. (*Thouvenin.*)

491. Études sur La Fontaine, ou notes et excursions littéraires sur ses fables, par feu M. Gaillard. *Paris,* 1812, in-8, demi-rel. veau f. tr. jasp.

492. La Fontaine et ses devanciers ou Histoire de l'apologue jusqu'à La Fontaine inclusivement par P. Souillé. *Paris, Durand,* 1861, in-8, broché.

493. La Fontaine et Buffon, par Damas Hinard. *Paris, Perrotin*, 1861, in-12, cart. éb.

494. Recherches sur les Fables de la Fontaine, par M. P. Lacroix. *Paris, Jouaust*, 1875, br. in-8, de 52 pp., portr. gr. à l'eau-forte.

Tiré à 20 exemplaires. Envoi autographe de M. Lacroix à M. Mahérault.

495. Notice inédite, historique et littéraire sur la vie de La Fontaine, composée par feu M. Des Renaudes. *Paris, Treuttel et Wurtz*, 1832, plaq. in-8, de 54 pp. demi-rel. veau vert.

496. Essai sur la langue de La Fontaine, par Ch. Marty-Laveaux, *Paris, Dumoulin*, 1853, br. in-8, de 56 pp.

497. Notices sur La Fontaine. Ens. 14 br. in-8.

Notice sur la vie de la Fontaine. *Paris, Renouard*, 1795, joli portr. en médaillon sur le titre gr. par Gaucher d'après H. Rigault. — Éloge de La Fontaine. *Rouillon*, 1775. — La Fontaine chez Mme de La Sablière. *Paris*, 1821. — Observations sur les quatres dernières fables de La Fontaine, par MM. Sélis, Delille et Laharpe. *Paris*, 1821, etc., etc.

498. Sentimens d'amour, tirez des meilleurs poëtes modernes, par le sieur Corbinelli. *A Paris, chez L. Billaine*, 1665, 2 part. en 1 vol. in-12, front. gr. bas.

499. Lacunes du poëme de la Madelaine, par le R. P. Pierre de Saint-Louis. — Les Philippiques, par M. De La Grange. — Brevets de la calotte. — Le Péché original. — Ode à Piron. Ens. 5 pièces réun. en 1 vol. pet. in-8, vél.

Manuscrit du XVIIIe siècle, sur papier.

500. Recueil complet des poésies de Saint-Pavin. *Paris, Techener*, 1861, in-8, cart. non rogné.

501. Les OEuvres choisies du Sr Rousseau, contenant ses odes, odes sacrées de l'édition de Soleure, et cantates. *A Rotterdam, chez Fritsch et Bohm*, 1716, 2 tomes en 1 vol. in-12, front. gr. et figures, veau ant.

502. La Henriade de Voltaire, nouvelle édition, la plus correcte qui ait encore paru, avec des remarques par M. Palissot. *A Londres, et se trouve à Paris, chez Moutard*, 1784, in-8; portrait, cart. tr. jaspée.

503. La Henriade, avec un commentaire classique, dédiée à son Altesse Royale Mgr le duc de Bordeaux, par M. Fontanier. *Paris*, 1823, in-8, fig. demi-rel. v. f. tr. jaspée.

504. Commentaire sur la Henriade, par feu Mr de la Baumelle, revu et corrigé par M. F*** (Fréron). *A Berlin, et se trouve à Paris, chez Le Jay*, 1775. 2 part. en 1 vol. in-8, front. gr. par Aug. de St-Aubin, veau marb.

505. Silvie (par Watelet). *A Londres*, 1843, in-8, front. gr. et figures, veau ant. marb.

506. Le Paradis terrestre, poème imité de Milton, par Madame D. B..., (Du Bocage). *A Londres*, 1748, in-8, front. gr, portr. vig. sur le titre et en tête de chaque chant, veau marb.

507. La Colombiade, ou la Foi portée au Nouveau Monde, poème, par Madame Duboccage. *Paris, Desaint et Saillant*, 1756, in-8, figures, veau marbr.

508. Fables Nouvelles (par M. Dorat). *A La Haye, et se trouve à Paris*, 1773, in-8, front. gr. vignettes et culs-de-lampe de Marillier, cart. non rogné.

Premier volume. Exemplaire sur GRAND PAPIER DE HOLLANDE ; premier tirage des vignettes.

509. OEuvres de Bertin. *Paris, Didot*, 1823, 2 tomes en 1 vol. in-18, portr. cart. non rogné.

510. Historiettes ou Nouvelles en vers, par M. Imbert. *A Amsterdam, et se trouve à Paris, chez*

Delalain, 1774, in-8, titre, front. gr. et vig. *broché.*

Mouillure au titre.

511. Richardet, poème. *Londres,* 1781, 2 vol. in-18, titre front. gr. veau marb. fil. tr. dor.

512. L'Harmonie imitative de la langue française, poème en quatre chants, par M. De Piis. *Paris,* 1785, in-12, cart. non rogné.

513. Almanach littéraire, ou Étrennes d'Apollon, par M. d'Aquin de Chateau-Lyon. *Paris,* 1789, in-12, front. gr. par de Ghendt, d'après Marillier, broché.

514. Organt, poème en vingt chants (par Saint-Just, depuis député à la Convention nationale). *Au Vatican,* 1789, 2 part. en 1 vol. in-18, veau marb. filet.

515. Dorat-Cubières. — Les États généraux du Parnasse, de l'Europe, de l'Église et de Cythère, ou les Quatre Poèmes politiques. *Paris,* 1791. — A.-J. Acton. Sur une injure faite à la nation française. *Paris,* 1792. — Les Abeilles ou l'Heureux Gouvernement. *Paris,* 1793. — La Mort de Basseville, ou la Conspiration de Pie VI dévoilée. *Paris,* 1793. Ens. 4 pièces réun. en 1 vol. in-8, demi-rel. bas. ant.

516. Les Poésies de Nic. Bonneville. *A Paris,* 1793, in-8, br.

517. Dieu et les Prêtres, fragment d'un poème philosophique, par Silvain Maréchal. *Paris, l'an II,* in-8, demi-rel. v. r. tr. marbr.

518. Le Lucrèce français, fragmens d'un poème, par Sylvain M*** l. (Maréchal). *A Paris, l'an VI,* in-8, demi-rel. v. r. non rogné.

519. Poésies lyriques de Marie-Joseph Chénier.

A Paris, de l'impr. de P. Didot l'aîné, l'an Ve de la République. — Pie VI et Louis XVIII, conférence théologique et politique, trouvée dans les papiers du cardinal Doria, traduite de l'italien par M.-J. Chénier. *A Paris, chez Laran, an VI.* — 2 ouv. réunis en 1 vol. in-18, demi-rel. avec coins, veau vert, doré en tête, non rogné. (*Bauzonnet.*)

Cette dernière pièce et une partie des poésies lyriques n'ont point été reproduites dans l'édition des œuvres complètes de Chénier, publiée après sa mort. On trouve écrit sur la dernière page de la première pièce la note suivante : *N° cinquième sur deux cents cinquante*, signée : *M.-J. Chénier.*

520. ODE, par Marie-Joseph Chénier. *S. d.* in-64, 50 pp. relié en soie.

Manuscrit sur vélin, écrit par Fiot. Cette ode, qui, par sa véhémence, rappelle les *Philippiques* de La Grange-Chancel, paraît avoir été composée peu de temps après le 18 Brumaire. Elle n'a jamais été imprimée.

521. La Parole, poëme en quatre méditations, par B.-E. Manuel. *A Paris, chez Dufart*, 1796, *an IV*, in-12, front. cart. non rogné.

522. Le Consistoire, ou l'Esprit de l'Église, poëme héroïcomique, en six chants (par M. Aristide Valcour). *Paris, Lemaire, an VII* (1799), in-8, demi-rel. basane.

523. Contes et Opuscules, en vers et en prose, par Andrieux. *Paris, A.-A. Renouard, an VIII*, 1800, in-8, dérel.

524. Poésies fugitives, par Armand-Charlemagne. *De l'impr. de Didot, à Paris, chez Louis, an IX*, in-12, demi-rel. bas. rouge.

Exemplaire provenant de la bibliothèque de M. Viollet-le-Duc.

525. Hérologues, ou Chants des poëtes rois, et l'Homme renouvelé, récit moral en vers, par L. Lemercier. *Paris, de l'impr. de Didot, chez Renouard, an XII*, 1804, in-12, bas. v.

526. Contes, Fables, Chansons et Vers, de L.-P. Ségur. *Paris, an IX*, 1801, in-8, cart. non rogné.

527. BETZI, ou l'Amour comme il est, roman qui n'en est pas un (par M. Meister). *A Paris, chez A.-A. Renouard, an XI*, 1803, in-12, mar. bl. fil. doublé de soie blanche.

Exemplaire sur vélin, avec un DESSIN ORIGINAL ET INÉDIT D'ALEX. DESENNE.

528. La Destinée d'une jolie femme, poème érotique, par J.-B... de M... *Paris*, 1803. — La Prise de l'Hélicon ou la Guerre des sots. *Paris*, 1823. — La Création d'Eve, conte moral et historique, par P. C. G. P. *Au jardin d'Eden, l'an de la Création. S. d.* Ens. 3 br. in-12.

529. Héro et Léandre, poème en quatre chants, suivi de poésies diverses ; par P. Denne Baron. *A Paris, chez Le Normant*, 1806, front. de Monsiau. — Contes et Nouvelles en vers, par G. de M. (Gabriel de Moiria). *A Paris, de l'impr. de Didot*, 1808, front. de Moreau. Ensemble : 2 ouvr. en 1 vol. in-12, bas. ant.

530. Nouvel Art poétique, poème en un chant, par M. V. Le Duc. *A Paris, chez Martinet*, 1809, in-12 de 68 pp. v. marb. tr. dorée.

531. L'Atlantide ou le Géant de la Montagne bleue, poème en quatre chants, recueilli et publié par M. Baour de Lormian. *Paris, s. d.* in-12, figures de Desenne, demi-rel. bas. ant.

532. Légendes, Ballandes et Fabliaux, par M. Baour-Lormian. *Paris, Delangle*, 1829, 2 vol. in-12, bas. ant.

533. Poèmes et poésies diverses. Env. 15 br. in-8.

Epître à Gresset au sujet de la reprise du *Méchant. Paris*, 1812. — Le Siècle satyre, par Pinière. *Paris, an VIII.* — La Papesse Jeanne, poëme en dix chants. *La Haye*, 1778. — Le Temple de Jupiter et de Danaé. *S. l.* 1775.—Les Quatre Métamorphoses, poème, par Lemercier. *Paris, an VII.* — Souvenirs d'un touriste, lettres en vers, par Ad. de La Tour. *Paris*, 1840, etc., etc.

534. Chansons morales et autres, par M. P.-J. de

Béranger. *Paris, Alexandre Emery*, 1816, in-12, front. gr. musique notée, demi-rel. veau violet.

535. Arthur Arnould. — Béranger, ses amis, ses ennemis et ses critiques. *Paris, Cherbuliez*, 1864, 2 vol. in-12 br.

536. L'Ermitage de J.-J. Rousseau et de Grétry, poème par L.-V. Flamand-Grétry. *Paris*, 1820, in-8, fig. br.

537. Epître à Hubert Robert, par Fournier-Desormes. *Paris, Persan*, 1822, in-12, cartonné.

538. Méditations poétiques, par Alph. de Lamartine. *Paris, Ch. Gosselin*, 1825, in-18, vignettes sur bois, veau gr. tr. dorée.

Exemplaire provenant de la bibliothèque du Dr Ant. Danyau.

539. Préludes poétiques, par M. de Loy, précédés d'une introduction par M. Ch. Durand. *A Lyon*, 1827, in-8, demi-rel. avec c. veau v. non rogné. (*Magnin.*)

540. Le Citateur des fabulistes français, par Léonard Gallois. *Paris, Barba*, 1830, in-18, portr. bas. ant.

541. Le Bouquet de violettes, par F. Grille. *Angers, V. Pavie*, 1840, in-8, cartonné.

542. Chansons d'Auguste Nadaud. *Périgueux*, 1848, in-12, broché.

543. Erreurs poétiques de Georges Ozaneaux. *Paris, Amyot*, 1849, 3 vol. in-8, demi-rel. chag. citr. tr. jaspée.

544. Les Héros de Rabelais, ou Aventures drolatiques de Gargantua, Panurge et Pantagruel, mis en vers libres, par Th. Fragonard et J. de Lamarque, précédé d'une notice sur la vie et les ouvrages de François Rabelais, par Patrice Rollet. *Paris, P. Permain*, 1851, in-12 cartonné.

545. Notice historique sur la Société académique des Enfants d'Apollon, par A. Lemonnier. *Paris*, 1860, plaq. in-8 de 22 pp. cart. non rogné.

546. Poètes et Romanciers de la Lorraine, par le comte Th. de Puymaigre. *Paris*, *Didier*, 1848, in-12, cart. non rogné.

547. Il Congresso di Citera del conte Algarotti. *Parigi*, 1768, in-12, front. gr. d'Eisen, et titre gr. par Moreau, veau marb. fil. tr. dorée.

548. Nella Venuta in Roma di Madama Le Comte e dei signori Watelet e Copette, rinomatissimi letterati francesi componimenti poetici di Luigi Subleyras, colle figure in rame di Stefano della Vallee Poussin. *S. l.* 1764, in-12, demi-rel. v. v.

Ouvrage entièrement gravé.

549. Analyse du poème italien : *Gli Animali parlanti*, avec des imitations en vers français de quelques fragmens du même poëme, par M. Andrieux. *Paris*, *an X* (1801), in-8 de 45 pp. veau marb.

550. The Poetical Works of John Milton. *London*, 1806, 2 vol. in-18, vig. et portr. en médaillon sur le titre, veau ant. marb. fil.

551. The Pleasures of memory, with other poems, by Samuel Rogers. *London*, 1810, in-12, vig. mar. or. fil. tr. dor.

552. Poems by Samuel Rogers. *London*, 1822, in-12, vig. sur bois, cuir de R. fil.

553. Lord Byron. Don Juan traduit en vers français. *Paris*, 1866, 2 vol. in-12, brochés.

554. One hundred fables, in prose and verse, original and selected, by James Northcote. *London*, 1827, in-8, vignettes et culs-de-lampe, cartonné.

THÉATRE.

555. Collection des théâtres français. — Table générale. *Senlis*, 1829, in-18, portr. cart. non rogné.

557. Précis historique sur la statue de P. Corneille, érigée à Rouen, en 1834, par A. Deville. *Rouen, F. Baudry*, 1838, in-8, planches, cart. non rogné.

558. Athalie et Esther de Racine, avec un commentaire biblique, par le pasteur Athanase Coquerel. *Paris, Cherbuliez*, 1863, in-8, broché.

559. Molière à Lyon, par Fl. Levol. *Lyon*, 1844. — Molière et Benserade, par L. Fréville. *Paris*, 1859. — L'Ombre de Molière, poëme, par Ph. Soupé. *Grenoble*, 1857. — Notice sur Gil Blas, par C. Nodier. — La Musique à la Comédie-Française, par J. Bonnassies. *Paris*, 1874. — Ad. Jullien. Histoire du théâtre de Mme de Pompadour. *Paris*, 1874. — Étude critique des œuvres d'Alf. de Musset. *Paris*, 1867. Ensemble, 8 br. in-4 et in-8.

560. Petite Comédie de la critique littéraire, ou Molière selon trois écoles philosophiques, par P. Stapfer. *Paris, M. Lévy*, 1866, in-12, broché.

561. Réunion de pièces sur la tragédie d'OEdipe, de M. de Voltaire; 12 pièces en 1 vol. in-8, veau ant. (*Aux armes de Crémeaux, marquis d'Entragues, lieutenant général du Mâconnais, mort en* 1747.)

OEdipe, tragédie, seconde édition. *Paris*, *P. Ribou et J. Ribou*, 1719. — Lettre critique sur la nouvelle tragédie d'*OEdipe*. *Paris*, 1719. — Lettre à M. de Voltaire sur la tragédie d'*OEdipe*, 1719. — Critique de l'*OEdipe*, etc., par M. L. B***, 1719. — Nouvelles remarques sur l'*OEdipe* de Voltaire et sur ses Lettres critiques, par M***, 1719. — Apologie de Sophocle, ou Remarques sur la troisième lettre critique de M. de Voltaire, 1719. — Apologie de la nouvelle tragédie d'*OEdipe*, par M. Mannory, 1719. — Lettre d'un abbé à un gentilhomme de province sur la tragédie d'*OEdipe*, 1719. — Lettre d'un gentil-homme suédois à M***, maistre de la langue françoise, sur la tragédie d'*OEdipe*, *s. d.* — Réfutation de la lettre du gentil-homme suédois sur la tragédie d'*OEdipe*, à M. Maillard, par M. D***, 1719. — Le Journal satirique intercepté, ou Apologie de M. Arrouet de Voltaire et de M. Houdart de la Motte, par le sieur Bourguignon, 1719.

562. Souvenirs du théâtre de la fin du XVIIIe siècle jusqu'en 1830. — Mme Scio, par P.-A. Viellard. *Paris*, 1855, 16 pp. — Mme Scio, esquisse biographique, par Hédouin. *Paris*, 1858, 25 pp. plaq. in-8, cartonnée.

563. Charles IX, ou l'École des Rois, tragédie, par Marie-Joseph de Chénier. *Paris*, 1790, in-8, br.

A la page 159, il y a une note qui n'a pas été reproduite dans l'édition des Œuvres de Chénier, *Paris*, *Guillaume*, 1826, et à la page 230, une lettre aux auteurs du *Journal de Paris*, qui n'a pas non plus été insérée dans les Œuvres.

564. Théâtre choisi de G. de Pixérécourt, précédé d'une introduction par Ch. Nodier. *Paris*, *Tresse*, 1841-43, 4 vol. in-8, portr. broché.

565. OEuvres complètes de M. Eug. Scribe. *Paris*, *Tétot*, 1858, 17 tomes réunis en 9 vol. in-8, figures, demi-rel. chag. r. tr. jaspée.

566. Eugène Scribe (par Em. Perrin). *S. l. n. d.*, in-8 de 6 pp. cartonné.

Extrait de la *Revue européenne*.

567. Victor Moulin. — Scribe et son Théâtre, études sur la comédie au XIXe siècle. *Paris*, 1862, in-8, cart. tête jasp. non rogné.

568. Réunion de pièces de théâtre : 40 br. in-8.

Pixérécourt : Les Maures d'Espagne, 1806. — Charles le Téméraire, ou le Siége de Nancy, 1814. — Le Chien de Montargis, ou la Forêt de Bondy, 1814. — L'Homme à trois visages, ou le Proscrit, 1818. — Scribe et autres : L'Amour platonique. *Paris*, 1821. — L'Hôtel des Quatre-Nations, 1818. — Les Élèves du Conservatoire, 1827. — La Nouvelle Clary, ou Louise et Georgette, 1822. — Le Luthier de Lisbonne, 1831. — Trilby, ou le Lutin d'Argail, 1823. — Le Parlementaire, 1824. — La Cour d'assises, 1829. — Le Convalescent de qualité, ou l'Aristocrate, par Fabre d'Églantine, 1791. — Le Philinte de Molière, ou la suite du Misanthrope (par le même), 1792. — Madame Favart, par MM. Moreau et Dumolard, 1807. — Le Marquis de Pomenars, par Mme Sophie Gay, 1820. — La Révolte des Femmes, de M. Taglioni, 1834. — L'Assemblée des Ombres aux Champs-Elysées, 1786. — Gusman d'Alfarache, par MM. Dupin et Eugène. — Arlequin afficheur, 1792. — La Folle Journée, ou le Mariage de Figaro, par

Beaumarchais, 1785. — Le Complot domestique, ou le Maniaque supposé, par N. Lemercier, 1817. — A bas Molière! 1809. — Les Préventions d'une Femme, par Rodet, 1803. — Le Château des Apennins, ou le Fantôme vivant, *an VII*e. — Le Roi Théodore à Venise, etc., etc.

569. Dialogues critiques, ou Résumé des discours, discussions, critiques, jugemens ou sottises que l'on entend chaque jour dans les loges, les foyers ou les coulisses de nos différens théâtres (par Fr. Benoît Hoffmann). *Paris*, 1811, in-8, demi-rel. veau f. tr. marbrée.

570. Mémoires de J.-F. Talma, écrits par lui-même et recueillis et mis en ordre sur les papiers de sa famille, par Alex. Dumas. *Paris*, 1850, 4 vol. in-8, brochés.

Manque le titre du tome III. Mouillures.

571. Le Musée de la Comédie-Française, par Réné Delorme. *Paris, P. Ollendorff*, 1878, in-4, br.

---

572. AMINTA, favola boschereccia di Torquato Tasso. *Parigi, Nepveu*, 1813. — L'Aminte, pastorale du Tasse, imitée en vers français, par Baour de Lormian. *Paris, Klostermann, s. d.*, vig. sur le titre, in-12, vig. et figures de Desenne, mar. bl. comp. dorés et à froid, tr. dor. (*Simier.*)

Exemplaire provenant de la bibliothèque du comte de la Bédoyère. Il contient les 12 DESSINS ORIGINAUX DE DESENNE.

573. Tragedie di Vittorio Alfieri. *Parigi, Didot*, 1787-89, 5 vol. in-8, demi-rel. avec c. chag. vert, tr. marbrée.

ROMANS.

574. De la Lecture des romans, fragment d'un manuscrit sur la Sensibilité (par M. le Mis de Romance de Mesnon). *A Paris et se trouve à Bruxelles*, 1785, gr. in-12, cartonné.

575. Bibliothèque des Romans, avec des remarques

critiques sur leur choix et leurs différentes éditions, par M. le Cte Gordon de Percel (Lenglet du Fresnoy). *A Amsterdam, chez la Vve de Poilras,* 1734, in-12, veau ant.

Rare.

576. Table alphabétique des extraits contenus dans la Bibliothèque des romans, depuis son origine, 1775, jusqu'en 1789. *Paris, s. d.,* in-12, parch. v. non rogné.

Exemplaire interfolié de papier blanc, avec des notes manuscrites.

577. Dictionnaire des romans anciens et modernes, ou Méthode pour lire les romans, d'après leur classement par ordre de matières. *Paris,* 1819, in-8, demi-rel. bas. v.

Dictionnaire curieux par son classement.

578. Histoire véritable, traduite de Lucien par Étienne Béquet. *S. l. n. d.* (faux titre). In-12, br.

Exemplaire en papier de Hollande, avec un envoi autographe.

579. Daphnis et Chloé, traduict de l'original grec en nostre langue, par le sieur de Marcassus. *A Paris, chez Toussainct du Bray,* 1626, in-12, front. gr. et figures de Crispin de Passe, cartonné.

580. Éloge de la Folie, traduit du latin d'Érasme, précédé de l'Histoire d'Érasme et de ses écrits, par M. Nisard. *Paris, Ch. Gosselin,* 1843, in-12, cart. ébarbé.

581. Eug. Noël. Le Rabelais de poche, avec un Dictionnaire pantagruélique tiré des Œuvres de Fr. Rabelais. *Paris, Poulet-Malassis et de Broise,* 1860, in-12, broché.

582. François Rabelais, 1483-1553, par M. Delécluze. *Paris, H. Fournier,* 1841, gr. in-8 de 78 pp. cartonné.

583. Alfred Mayrargues. Rabelais, étude sur le XVIe siècle. *Paris,* 1868, in-12, broché.

584. Mélanges sur Rabelais. 8 br. in-12 et in-8.

Des Matériaux dont Rabelais s'est servi pour la composition de son ouvrage, par Ch. Nodier. *Paris*, 1835. — Notice sur deux anciens romans intitulés : *les Chroniques de Gargantua. Paris*, 1834. — Sur les Œuvres de Rabelais, par Eus. Salverte. — Rabelais, sa vie et ses ouvrages, par P. Lacroix. *Paris*, 1858 — Les Rabelais de Huet. *Paris*, 1867. — Rabelais, par Eug. Noël. *Paris*, 1859. — Rabelais et ses éditeurs, par Em. Chevalier. *Paris*, 1868.

585. Le Moyen de parvenir, notes et accessoires. *S. l. n. d.* (1870), in-12, broché.

586. Le Moyen de parvenir (par Béroalde de Verville). *S. l.*, 100070073 (1773), 2 vol. in-12, front. et titres gr. bas. ant.

587. Les Contes de Ch. Perrault (par P. Lacroix). *Paris, Jouaust*, 1876, in-8, br. de 62 pp.

Tiré à vingt-cinq exemplaires. Envoi autographe signé de l'auteur à M. Mahérault.

588. Notice sur les Mémoires de Perrault et sur les dernières années de sa vie littéraire (par P. Lacroix). *Impr. par D. Jouaust*, 1878, br. in-12 de 30 pp.

589. Observations critiques sur le roman de Gil Blas de Santillane, par J. A. Llorente; on y fait voir que le roman de Gil Blas n'est pas un ouvrage original, mais un démembrement des *Aventures du Bachelier de Salamanque*, manuscrit espagnol, alors inédit, que M. Le Sage dépouilla des parties les plus précieuses. *Paris, Moreau*, 1822, in-8, broché.

590. Histoire du prince Apprius, etc., extraite des Fastes du Monde depuis sa création, manuscrit persan trouvé dans la bibliothèque de Schah-Hussain, roi de Perse, détrôné par Mamouth en 1722, traduction françoise, par Mre Esprit, servant dans les troupes de Perse (par de Beauchamps). *Imprimé à Constantinople, l'année présente* 1728, in-12 de 72 pp. demi-rel. veau fauve.

Exemplaire avec la table manuscrite des noms renversés. Cet ouvrage a été imprimé à Lyon ; l'imprimeur fut condamné au bannissement et à une forte amende.

591. Histoire de Mademoiselle Cronel, dite Frétillon (Mademoiselle Clairon, par Gaillard de la Bataille). *A La Haye*, 1741, 4 part. en 1 vol. in-12, demi-rel. avec c. vél.

592. Le Petit-Neveu de Bocace, ou Contes nouveaux, en vers, par M. Pl. D. *A Amsterdam*, 1787, in-8, bas. ant.

Cet ouvrage est de Plancher de Valcourt.

593. Blançay, par l'auteur du Nouveau Voyage sentimental (Gorjy). *A Paris, chez Guillot*, 1789, 2 tomes en 1 vol. in-12, figures, demi-rel. bas.

594. Paul et Virginie, par Bernardin de St-Pierre, précédé d'une Notice inédite sur sa vie. *Paris, Werdet et Lequien*, 1829, in-18, demi-rel. v. r. non rogné.

595. Paul et Virginie, par J.-H. Bernardin de Saint-Pierre. *Paris, L. Curmer*, 1838. — La Chaumière indienne (par le même). *Paris*, 1838. Ensemble, 2 ouvrages réunis en 1 vol. in-8, nombreuses figures sur bois tirées sur chine et vig., portrait de l'auteur à la Sphère, et portr. du docteur par Meissonier, demi-rel. avec c. chag. viol. doré en tête, non rogné.

596. La Tribu indienne, ou Édouard et Stellina, par le citoyen L. B. (Lucien Bonaparte). *A Paris, an VII*, 2 tomes en 1 vol. in-12, demi-rel. v. f.

597. Les Chevaliers du Cygne, ou la Cour de Charlemagne, par Mme de Genlis. *Paris*, 1795, 3 vol. in-8, bas. ant.

598. La Galerie des Femmes, collection incomplète de huit tableaux recueillis par un amateur (*Et. Jouy*). *A Hambourg* (*Paris*), 1799, 2 part. en 1 vol. in-12, broché.

Réimpression faite à Paris en 1869. Ouvrage épuisé. On a ajouté le fac-simile sur papier de Chine d'une lettre de Ch. Monselet ayant rapport à l'ouvrage.

599. L'Hermite en Italie, ou Observations sur les mœurs et usages des Italiens au commencement du XIXe siècle, par M. de Jouy. *A Paris, chez Pillet,* 1825, 4 tomes en 2 vol. in-12, figures, cartes et vig. demi-rel. bas. viol.

600. Le Colporteur, histoire morale et critique, par M. de Chevrier. *A Londres, chez J. Nourse, l'an de la Vérité,* in-12, veau marbré.

601. Émilie et Alphonse (par Mme de Souza). *A Paris, chez Gide, an XIII,* 1805, 3 vol. in-12, demi-rel. avec c. chagr. v. non rogné.

Envoi autographe signé de l'auteur à Mme la princesse de Vaudemont.

602. Les Souvenirs de Félicie L***, par Mme de Genlis. *A Paris, chez Maradan,* 1806-07, 2 vol. in-12, cart. non rognés.

603. Eugène de Rothelin, par l'auteur d'Adèle de Sénange (Mme de Flahaut). *Paris, Nicolle,* 1808, 2 tomes en 1 vol. in-12, demi-rel. v. r.

604. Point de lendemain, conte (par le baron Vivant-Denon). *A Paris, de l'impr. de P. Didot,* 1812, pet. in-12 de 52 pp. veau bl. fil. tr. dorée. (*Bauzonnet.*)

605. Mademoiselle de Clermont, nouvelle historique, par Mme de Genlis. *Paris, Maradan,* 1813, in-12, portr. et figures de Desenne, demi-rel. mar. r. non rogné.

606. Samuel, ou le Livre du Seigneur, traduction d'un manuscrit hébreu. — Histoire authentique de l'empereur Apollyon et du roi Béhémot, par le Très-Saint Esprit. *Paris,* 1817, in-12, fac-simile et figures, cart. non rogné.

607. Le Manuscrit de feu M. Jérôme. *Paris,* 1825, in-8, portr. et fac-simile, demi-rel. bas.

608. Eugénie Grandet, par M. de Balzac. *Paris, Charpentier*, 1839, in-12, demi-rel. bas.

609. Un Mirage, par H. de Latouche. *Paris, Dumont*, 1842, in-8, broché.

Ouvrage en prose et en vers.

610. Gavarni. Madame Acker, nouvelle. *Paris, Curmer*, 1842, br. in-8 de 25 pages.

611. Scribe (Eugène). — Piquillo Alliaga, ou les Maures sous Philippe III. *Paris, Alex. Cadot*, 1847, 11 vol. — Maurice (par le même). *Paris*, 1845, 1 vol. Ens. 12 vol. in-8, brochés.

612. Les Derniers Contes de Jean de Falaise. *Paris, Poulet-Malassis et de Broise*, 1860, in-12, front. gr. à l'eau-forte, br.

613. Champfleury. — Les Aventures de Mademoiselle Mariette, avec quatre eaux-fortes dessinées et gravées par Morin. *Paris, Poulet-Malassis et de Broise*, 1862, in-12, fig. broché.

614. Contes de Saint-Santin. *Argentan*, 1863, in-8, front. au bistre, broché.

Exemplaires tiré sur onze papiers de couleurs différentes.

615. Pas de lendemain (par Ph. Burty). *A Paris, chez l'auteur*, 1869, plaq. pet. in-4 de 34 pp. vig. et fleurons gr. à l'eau-forte, cart. non rogné.

Tiré à très petit nombre pour les amis de l'auteur.
Exemplaire de M. Mahérault.

616. Don Quichotte et la tâche de ses traducteurs, observations sur la traduction de M. Viardot, accompagnées d'éclaircissemens nouveaux sur le style et l'interprétation de l'original et sur l'esprit de son auteur, par F.-B.-Fr. Biedermann. *Paris*, 1837, in-8 de 78 pp. cart.

617. Critique et défense de don Quichotte, suivies de chapitres choisis de l'ingénieux hidalgo, etc.,

dédié à M. Orfila, par F. de Paule Noriega. *Paris*, 1848, in-12, cart.

618. Lazarille de Tormès, traduit par L. Viardot, illustré par Meissonier. *Paris*, *Dubochet*, 1846, gr. in-8 de 46 pp. vig. sur bois, demi-rel. chagr.

Le haut du titre a été coupé.

619. Tom Jones, ou Histoire d'un enfant trouvé, par Fielding. *Paris, F.-Didot*, 1833, 4 vol. in-8, figures de Moreau le jeune, br.

620. The Tales of the genii, or Delightful Lessons of Horam the son of Asmar, translated from the persian, by sir Ch. Morell. *London*, 1805, 2 vol. in-8, figures, veau marb.

621. Les Ténadares, ou l'Européen et l'Indienne, traduit de l'anglais de mistriss Helm, par M. A. C. *Paris*, 1822, 2 vol. in-12, demi-rel. v. vert, tr. marb.

622. Evenings at Haddon Hall, a series of romantic tales of the olden time, with illustrations, by G. Cattermole. *London*, 1860, in-12, figures sur acier, cart. non rogné.

623. Waverley, or Sixty years since. *Paris*, 1825, 3 vol. in-12, veau, gr. dent. à fr. sur les plats, tr. marb.

CRITIQUES. — FACÉTIES. — ÉPISTOLAIRES. MÉLANGES ET POLYGRAPHES.

624. Amusemens philologiques, ou Variétés en tous genres; seconde édition, revue, corrigée et augmentée, par G. P. Philomneste, A. B. A. V. (Gabr. Peignot). *Dijon*, *V. Lagier*, 1824, in-8, demi-rel. v. f. tr. marb.

625. Amusements philologiques, ou Variétés en tous genres; troisième édition, par G. P. Philom-

neste. A. B. (Gab. Peignot). *Dijon, V. Lagier*, 1842, in-8, cart. non rogné.

626. Le Livre des singularités, par G. P. Philomneste (Gabr. Peignot). *Dijon, V. Lagier, Paris, Pelissonnier*, 1841, in-8, demi-rel. v. r. non rogné. (*Vogel.*)

627. Récréations philologiques, ou Recueil de notes pour servir à l'histoire des mots de la langue française, par F. Génin. *Paris, Chamerot*, 1856, 2 vol. in-8, cart. tête jasp. non rogné.

628. Philologie, Critique, env. 20 br. in-8.

Histoire du sonnet, par Ch. Asselineau. — Saint-Géran, ou la Nouvelle Langue française. — Mélanges d'origines étymologiques et de questions grammaticales, par Éloi Johanneau. — Essai sur les moyens de faciliter l'étude du grec et du latin, par le baron Fririon. — Épigrammes contre Martial. — Observations critiques pour servir à l'histoire de la littérature du XIXe siècle. — Nouvelles et Véritables Étymologies médicales tirées du gaulois, etc , etc.

629. Recueil des factums d'Ant. Furetière, publié par Ch. Asselineau. *Paris, Poulet-Malassis et de Broise*, 1859, 2 vol. in-12, br.

630. Pastiches ou Imitations libres du style de quelques écrivains des XVIIe et XVIIIe siècles, pour faire suite au Goût considéré sous ses faces diverses, par N. Chatelain. *Paris, Cherbuliez*, 1855, in-8, cart. non rogné.

631. Traité sur la Manière de lire les auteurs avec utilité. *A Paris*, 1747-51, 3 vol. in-12, veau antique.

632. Les Colloques d'Érasme, nouvelle traduction, par M. Gueudeville. *A Leide*, 1720, 4 tomes en 3 vol. in-12, front. gr. et vignettes, veau f. ant.

633. Errotika Biblion (par Mirabeau). *A Paris, chez Le Jay*, 1792, in-8, demi-rel. veau f. tr. marb.

634. Les 365, annuaire de la littérature et des auteurs contemporains, par le dernier d'entre eux. *Paris*, 1858, in-12, cart. non rogné.

635. Mémoires de l'Académie des sciences, inscriptions, belles-lettres, beaux-arts, etc., nouvellement établie à Troyes en Champagne. *Liège, chez G. Barnabé*, 1744, in-8 de 72 pp. dérel.

636. Lorédan Larchey. Gens singuliers. *Paris, F. Henry, s. d.*, in-12, br.

637. L'Ancien Figaro, études satiriques, bigarrures, coups de lancette, etc., par Em. Gaboriau. *Paris, E. Dentu*, 1861, in-12, br.

---

638. Notices, Éloges, etc., sur Mme de Sévigné. 9 br. in-8.

Éloge de Mme de Sévigné. *Paris*, 1778. — Éloge... par Collet. *Paris*, 1840. — Sur la vie et les écrits d'Agrippa d'Aubigné. 1860, — Inauguration de la statue... *Paris*, 1858, etc., etc.

639. Lexique de la langue de Madame de Sévigné, par E. Sommer. *Paris, Hachette*, 1866, 2 vol. in-8, cart. non rogné. — Madame de Sévigné, appendice au tome XII. *Paris*, 1862, in-8, br.

640. Mélanges littéraires et bibliographiques. Env. 30 br. in-8.

Lettres inédites de Diderot au statuaire Falconet. — Lettres sur quelques points de philologie française adressée à M. A. F.-Didot, par Génin. — Lettres inédites de Malherbe. — Réponse de la Bibliothèque nationale à M. Feuillet de Conches, par Naudet. — De la Bibliographie générale au XIXe siècle, par Quérard. — Ce que je pense d'*Henriette Maréchal*, de sa préface et du théâtre de mon temps, par Pipe-en-Bois. *Paris*, 1866. — La Vérité vraie sur la publication des mémoires de Mme Roland, par Faugère. — Des Artifices que certains auteurs ont employés pour déguiser leurs noms, par Ch. Nodier. — Essai sur la formation d'un catalogue général des livres et manuscrits existant en France à l'aide de l'immatriculation, par Hébert. *Paris*, 1848.

641. J.-J. Rousseau, comédie, par Ant. Tizon. *Paris*, 1859. — Beaumarchais en Allemagne, par P. Huot. *Paris*, 1869. — Prosodie de l'école moderne, par Wilhem Ténint, précédée d'une lettre à l'auteur, par V. Hugo. *Paris*, 1844. — Essai sur la vie et les ouvrages d'Et. Pasquier, par L. Feugère. *Paris*, 1848. — Essai critique sur la

littérature indienne et les études sanscrites, avec des notes bibliographiques, par Ph. Soupé. *Paris*, 1856. Ens. 5 vol. in-12, br.

642. Poisle-Desgranges. — Rouget de Lisle et la Marseillaise. *Paris*, 1864. — Essai sur la vie de Mirabeau, par Cadet-Gassicourt. *Paris*, *an VIII*. — Odes républicaines, par Lebrun, *an III*. — Aux Mânes de Diderot, 1788. — Notice sur La Bruyère, par Suard. — Le Centenaire de Boïeldieu, par H. de Thannberg. — Notice sur Tallemant des Réaux, par Monmerqué. *Paris*, 1840 (*tiré à 25 exempl.*), etc., etc. Ens. 10 br. in-12 et in-8.

643. Le Livre des bons conseils, ou Morale des nations. *Paris*, 1842. — Larcher et Julien. — Les Hommes jugés par les femmes. *Paris*, 1858. — Oscar Honoré. — La Vie privée d'autrefois, avec un avant-propos de M. Guizot. *Paris*, 1853. — Londres pour ceux qui n'y vont pas, par Antonin Rondelet. *Paris*, 1864. — Impressions de voyages : les Hautes-Pyrénées, par Ach. Jubinal. *Paris*, 1873. Ens. 5 vol. en 12 br.

644. Mélanges. — 25 pièces réun. en 1 vol. in-8, demi-rel. bas. v. tr. jaspée.

Discours prononcé à la distribution des prix du lycée Charlemagne, par Villemain et de Nougarède. *Paris*, 1814. — Discours sur l'importance et les vrais caractères de la philosophie, par Maugras. *Paris*, 1823. — Discours prononcé à la distribution des prix du lycée de Chaumont, par Glachant, 1849. — Fantômes, par V. Hugo, traduction en vers latins, par E. Beaufrère. — Éloge funèbre de S. A. R. M. le duc de Berry, par Choppin. *Paris*, 1820. — Convalescence. A mes amis (pièce en vers signée P. Lorain). *Paris*, 1832. — Epitre à Mlle Mars, par V. Carpentier. 1817. — Girodet. *Paris*, 1825. — Stances pour l'anniversaire de P. Corneille. *Paris*, 1829. — Aperçu historique sur le Théâtre de la Foire. — De Variis alliecæ industriæ operibus carmen. — Epitre à C. Delavigne. *Paris*, 1824. — L'Abdication du second clerc, ou Promenade au Palais. *Paris*, 1824. — L'Etude. *Paris*, 1826. — Molière, comédie. *Paris*, 1828. — Notice sur la vie et les ouvrages de C. Delavigne. — Hellénides, par M. Roch. *Paris*, 1823. — Discours sur le système et la vie de Vico. — Éloge du duc d'Enghien. *Paris*, 1827. — Antiquités gauloises et gallo-romaines de l'arrondissement de Mantes, par A. Cassan, 1835, 4 planches.

645. Lettres et pièces rares ou inédites publiées

par M. Matter. *Paris. Amyot*, 1846, in-8, cart. éb.

646. Don Quichotte et la tâche de ses traducteurs, par Biedermann. *Paris*, 1837. — Les Deux don Quichotte, par G. de Lavigne, 1852. — Discours en vers sur la perfectibilité de l'homme, par Andrieux. 1825. — Notice sur Andrieux, par Taillandier. 1850. — Anecdotes inédites, pour faire suite aux Mémoires de Mme d'Epinai. 1818. — Etienne de la Boëtie, étude sur sa vie et ses ouvrages. *Paris, J. Labitte*, 1845. — Notice sur Rouillé, par F. Van Hulst. *Liège*, 1845. — Notice sur Pigault-Lebrun. — Virgile, par Naudet. Ens. 16 vol. ou br. in-8.

647. Miettes littéraires, biographiques et morales livrées au public, avec des explications, par Fr. Grille. *Paris, chez Ledoyen*, 1853, 3 vol. in-12, demi-rel. chagr. la Vall. tête jaspée, éb.

648. Mélanges de littérature et d'histoire, par M. Audibert. *Paris, Ed. Proux-Bohaire*, 1839, in-8, cart. non rogné.

649. La Pléïade, ballades, fabliaux, nouvelles et légendes. *Paris, L. Curmer*, 1842, in-8, vig. sur bois, br.

650. The Book of gems. The Poets and Artists of Great-Britain, edited by S.-C. Hall. *London, Saunders and Otley*, 1836, in-8, vignettes sur acier, cart. non rogné.

650 *bis*. Même ouvrage. 1837.

---

651. Lettres originales de Montesquieu au chevalier d'Aydie. *Paris*, 1797. — Éloge de Montesquieu, par Crussolle-Lami. *Paris*, 1829. — Montesquieu et la critique littéraire, par Gandar. *Paris*, 1865. — Montesquieu. Bibliographie de ses œuvres, par L. Dangeau. *Paris, Rouquette*, 1874. Ens. 4 br. in-8.

652. Étude sur Montesquieu, par Am. Hennequin. *Paris*, 1840, plaq. gr. in-8 de 41 pp. cart.

Extrait de la *Revue du XIX*e *siècle*.

653. Avis aux Sages du siècle, MM. Voltaire et Rousseau. *S. l. n. d.* br. in-8 de 8 pp. front. gr.

Cette pièce fut faite au sujet d'une querelle polémique entre M. Hume, Anglais, et J.-J. Rousseau, dans laquelle M. Voltaire prit parti par une plaisanterie contre Jean-Jacques qui, au vrai, avait tort en cette affaire.

654. Lettres inédites de Voltaire. *Paris, chez P. Dupont*, 1826, in-8, fac-simile, br.

Vignette sur le titre représentant le château de Ferney.

655. Voltaire. Mélanges. 19 pièces réun. en 1 vol. in-8, demi-rel. bas.

La Mérope française, avec quelques petites pièces de littérature. *Paris*, 1744, portr. — Lettre à M. Norberg (par Voltaire). *Londres*, 1744. — Lettre d'un comédien de Lille sur la tragédie de Mahomet. *Paris*, 1742. — Mahomet, tragédie par M. Voltaire. *Bruxelles*, 1742. — Critique, scène par scène, sur Sémiramis, par Voltaire. *Paris*, 1748. — Sémiramis, tragédie. *Amsterdam*, 1749. — Pièces recueillies de MM. de Voltaire et Piron. *Au Parnasse, chez les héritiers d'Apollon*, 1744. (*Recueil inconnu à Beuchot, éditeur des œuvres de Voltaire, et à Quérard, auteur de la Bibliographie voltairienne.*) — Panégyrique de Louis XV, 1748, front. gr.

656. Brochures sur Voltaire. 20 br. in-8.

A Voltaire. *Amsterdam*, 1779. — Notice biographique sur M. L. Racle, par Amantan. *Dijon*, 1810. — De la Philosophie de la Henriade. *Paris*, 1824. — Discours sur Voltaire, par H. Baudrillart. — Voltaire jardinier, par Clogenson. *Rouen*, 1860. — Epitre du diable à Voltaire. *Bourges*, 1823. — Epître à Voltaire, par Chénier. *Paris*, *Didot*, 1806, etc., etc.

657. Réunion de brochures pour ou contre Voltaire, sur sa vie, ses ouvrages, etc., etc. Env. 60 vol. en br.

Éloge de M. F. de Voltaire, par M. Ercline, 1788. — Éloge véridique de M. Voltaire. *Paris*, 1791. — Vie de Voltaire, par M. Lepan. *Paris*, 1817. — Voltaire, sa vie, ses œuvres, par Turpin de Sansay. *Paris*, 1867. — La Philosophie de Voltaire, par Ern. Berrot. *Paris*, 1848. — Voltaire. Lettres inédites sur la tolérance, publiées par A. Coquerel. *Paris*, 1863. — Voltaire et la police, par Léouzon Le Duc. *Paris*, 1867. — Voltaire et ses maîtres, par Alex. Pierron. *Paris*, 1866. — Poétique de M. de Voltaire. *Genève*, 1766. — Voltaire, recueil des particularités curieuses de sa vie et de sa mort (par Harel). *Porrentruy*, 1781. — Discours à la louange de M. de Voltaire, par de Ximenès, 1784. — Lettres sur quelques ouvrages de Voltaire. — Translation de Voltaire à Paris. — Voltaire jugé par les faits, par M*** (Lebrun Tossa). *Paris*, 1817. — Observations impartiales sur Voltaire, par M. Delacroix. *Paris*, 1825. — Boileau à M. de Voltaire, 1772. — Lettre de Polichinelle à M. de Voltaire, du 20 mai 1778. — Epître du

Diable à M. de Voltaire. *Aux Délices*, 1760. — Ma Confession, par M. de V*** (Voltaire) 1760. — L'Ombre de Voltaire, A. Chénier. *Paris*, 1806. — Notice iconologique des dessins, vignettes et portraits qui font l'ornement d'un exemplaire des œuvres de Voltaire, édit. Beuchot, 72 vol. *Paris, A. Fontaine*, 1871. — Les Clients de Voltaire, discours par Raoul Calary. *Paris*, 1868. — Voltaire de retour des ombres, 1777. — Parallèle de la Henriade et du Lutrin. — Voltaire, poëme en vers libres, par Le Clerc de Montmercy, 1764. — Lettres et Poésies inédites de Voltaire. *Paris, Jouaust*, 1872. — Voltaire et les Genevois. *Genève*, 1856. — A bas Voltaire, par Nobody. *Anywhere*, 1867. 2 br.

658. La Vie de Voltaire, par M***. *A Genève*, 1786, in-8, bas. ant. marb.

659. Voltaire, par Eug. Noël. *Paris, Chamerot*, 1855, in-12, demi-rel. v. r. tête jasp. non rogné.

660. Les Ennemis de Voltaire, par M. Ch. Nisard. *Paris, Amyot*, 1853, in-8, br.

661. Ménage et Finances de Voltaire, avec une introduction sur les mœurs des cours et des salons au XVIIIe siècle, par L. Nicolardot. *Paris, Dentu*, 1854, in-8, br.

662. Le Roi Voltaire, par Ars. Houssaye. *Paris, M. Lévy*, 1858, in-8, br.

Envoi autographe signé de l'auteur à M. Scribe.

663. Voltaire à Ferney. Sa correspondance avec la duchesse de Saxe-Gotha....., publiée par MM. Evariste Bavaux et A. F. *Paris, Didier*, 1860, in-8, br.

664. Le Vrai Voltaire, l'homme et le penseur, par Ed. de Pompery. *Paris*, 1867, in-8, br.

665. Voltaire au collège, sa famille, ses études, ses premiers amis, lettres et documents inédits, par H. Beaune. *Paris, Amyot*, 1867, in-8, br.

666. Défense de Voltaire contre ses amis et contre ses ennemis, par Courtat. *Paris, Ad. Lainé*, 1872, in-8, br.

667. La Jeunesse de Voltaire, par Gust. Desnoiresterres. *Paris, Didier*, 1867, in-8, br.

668. Voltaire au château de Cirey, par Gust. Desnoiresterres. *Paris*, *Didier*, 1868, in-8, br.

669. Voltaire à la cour, par Gust. Desnoiresterres. *Paris, Didier,* 1869, in-8, br.

670. Voltaire et Frédéric, par Gust. Desnoiresterres. *Paris*, *Didier,* 1870, in-8, br.

671. Voltaire aux Délices, par Gust. Desnoiresterres. *Paris*, *Didier*, 1873, in-8, br.

672. Voltaire et J.-J. Rousseau, par Gust. Desnoiresterres. *Paris, Didier,* 1874, in-8, br.

673. Voltaire et Genève, par Gust. Desnoiresterres. *Paris, Didier*, 1875, in-8, br.

674. Voltaire, son retour et sa mort, par Gust. Desnoiresterres. *Paris*, *Didier*, 1876, in-8, br.

675. OEuvres de Rousseau. *Londres,* 1753-67, 5 vol. in-12, bas. ant.

676. Mélanges sur J.-J. Rousseau. 25 br. in-8.

Essai sur J.-J. Rousseau. — Lettres sur les ouvrages et le caractère de J.-J. Rousseau, 1789. — Réflexions sur les Confessions de J.-J. Rousseau, par M. Servan, 1783. — Lettres sur les Confessions de J.-J. Rousseau, par Ginguené, 1791. — Trois mois de la vie de J.-J. Rousseau. *Paris*, 1852. — Notice sur les Charmettes et sur les environs de Chambéry. — Testament de J.-J. Rousseau, 1829. — Supplément indispensable aux éditions des ouvrages de J.-J. Rousseau, par Quesné. *Paris*, 1843, etc., etc.

677. Vie de J.-J. Rousseau, par M. le comte de Barruel-Beauvert. *A Londres*, *et se trouve à Paris*, 1789, in-8, portr. br.

678. Histoire de la vie et des ouvrages de J.-J. Rousseau. *Paris*, 1821, 2 vol. in-8, veau marb. tr. marb.

679. Éloge de J.-J. Rousseau, fait le 2 juillet 1800, jour anniversaire de sa mort. *S. l. n. d.* (*Troyes*), plaq. in-8 de 24 pp. sans titre, demi-rel. veau vert.

680. Les Enfants de J.-J. Rousseau, par Cl. Genoux. *Paris, Serrière*, 1857, in-12, br.

681. La Statue de J.-J. Rousseau, par Ern. Hamel. *Paris, A. Faure*, 1868, in-12, br.

682. Chénier. Mélanges, etc. Env. 30 br. in-8.

La Liberté de la presse défendue par La Harpe, contre Chénier, *an III*. — Epître au citoyen Chénier. — L'Ombre de Voltaire à Chénier. — Notice sur la vie et les ouvrages de M. Chénier, par M*** (Daunau), 1811. — Parallèle entre Chateaubriand et Chénier. — Plaidoyer de Charrié, avocat, contre les héritiers de Chénier, 1816. — La voilà, Messieurs, la voilà, la calomnie de Chénier, en pot pourri, etc., etc.

683. OEuvres complètes de J.-H. Bernardin de Saint-Pierre, publiées par L. Aimé-Martin. *Paris, Lequier et Pinard*, 1830-31, 12 vol. in-8, figures, demi-rel. veau f. tr. marb.

684. OEuvres de Salomon Gessner. *A Paris, chez Ant.-Aug. Renouard, an VII* (1799), 4 vol. in-8, demi-rel. veau bl. tr. marb.

HISTOIRE.

685. Atlas complet du précis de la géographie universelle de Malte-Brun. *Paris*, 1837, in-fol. 72 cartes col. demi-rel. bas. v. tr. jasp.

686. Atlas physique, politique et historique de l'Europe, formé de 30 cartes, etc., par Mme A. Denaix, gravé par R. Wahl. *Paris*, 1829, in-fol. demi-rel. veau ant.

687. Atlas de géographie moderne, par J. Andriveau-Goujon. *Paris*, 1837, in-fol. 20 cartes, montées sur onglets, demi-rel. bas. v.

688. Carte routière de la France. *Paris, Ch. Picquet*, 6 cartes in-8 collées sur toile, dans un carton.

689. Atlas géographique et statistique des départements de la France et de ses colonies, publié par Alex. Baudoin. *Paris*, 1826, in-fol. oblong, cartes col. demi-rel. bas.

690. Guide à la Tour de Londres, etc., par Hewitt. *S. l. n. d.* plaq. pet. in-8 de 48 pp. fig. et vig. sur bois, cart.

691. Journal du dernier voyage du C[en] Dolomieu dans les Alpes, par T.-C. Brunn-Neergard. *Paris, an X* (1802). — Mes Pensées (par le même). *Paris*, 1813. Ens. 2 vol. in-8, br.

692. Voyage dans la Suisse française et le Chablais, par Alf. de Bougy. *Paris, Poulet-Malassis et de Broise*, 1860, in-12, br. carte.

693. Souvenirs du golfe de Naples, recueillis en 1808, 1818 et 1824, par le comte Turpin de Crissé. *Paris*, 1828, in-fol. titre, front. gr. et planches, cart. éb.

Cet exemplaire contient les ÉPREUVES A L'EAU-FORTE : 1° du titre front. 2° des planches 5, 7, 8, 10, 13, 14, 16, 17, 19, 20, 22, 23, 24, 25, 26, 27, 28, 29, 30, 33, 34, 35, 36, 37, 39, 42, 46, 47, 48 et 49.

694. Discours et Histoire véritable des navigations, pérégrinations et voyages faicts en la Turquie, par Nicolas de Nicolay, seigneur d'Arfeuille. *A Anvers, chez Arnould Coninx*, 1586, in-4, figures sur bois, gr. d'après les dessins du Titien, cart.

C'est à tort qu'on a dit que les 60 gravures sur bois qui ornent cet ouvrage sont faites d'après les dessins du Titien. Ces gravures sont une copie de celles d'une édition donnée à *Anvers, Silvius*, 1576, lesquelles reproduisent les dessins de Nicolay lui-même, gravés par L. Danet; elles ont été faites en partie par Ahasverus von Landfeld ou Londersel.

Exemplaire défectueux fortement mouillé. Le titre le 1er f. de l'épitre et les ff. de table sont fortement endommagés.

695. Traité des différentes sortes de preuves qui servent à établir la vérité de l'histoire, par le R. P. H. Griffet. *A Liège, chez Bassompierre*, 1769, in-12, veau ant. marb.

Exemplaire aux armes de Durfort-Civrac, comte de Lorges.

---

696. Nouvel abrégé chronologique de l'Histoire de France, contenant les évènemens de notre histoire, depuis Clovis jusqu'à la mort de Louis XIV, par le président Henault. *A Paris, de l'impr. Prault*, 1768, 2 vol. in-4, vig. et fleurons, veau ant. marb.

697. France pittoresque ou Description pittoresque, topographique et statistique des départements et colonies de la France..., par A. Hugo. *A Paris, chez Delloye*, 1835, 3 vol. in-fol. en feuilles, cartes et figures sur chine.

698. Étude critique sur la Vie de Mme de Maintenon par M. le duc de Noailles, par Gust Merlet. *Douai*, 1852, plaq. gr. in-8 de 66 pp. portr. lith. cart.

699. Réponse de M. de Saintfoix au R. P. Griffet, et Recueil de tout ce qui a été écrit sur le prisonnier masqué. *A Londres et se trouve à Paris, chez Ventes*, 1770, in-12, veau marb.

700. Histoire. Documents historiques. Env. 15 br. in-8.

Description historique du conclave. — La Galère jésuitique. — Notices sur Mesdames de La Vallière, de Montespan, de Fontanges et de Maintenon. — Le prince de Condé. Le duc d'Orléans et Me Fouchères. — Liste chronologique des généraux français ou étrangers morts sur le champ de bataille de 1792 à 1837. — Discours, messages et proclamations de l'empereur depuis son retour en France jusqu'au 1er janvier 1855. — Itinéraire de N. Bonaparte depuis son départ de Corse jusqu'à son arrivée à Longwood, par C. d'Olly. *Paris*, 1842.

701. Pièces intéressantes, pour servir à l'histoire des grands hommes de notre siècle, par M. Poullin de Fleins. *A Paris, chez Leroy*, 1785, in-8, cart. éb.

702. Le Petit Almanach de nos grands hommes, pour l'année 1788. *S. l.*, 1788, in-12, veau marb.

703. Collection de matériaux pour l'histoire de la Révolution de France, depuis 1787 jusqu'à ce jour. — Bibliographie des journaux, par M. D...s. (Deschiens). *Paris, Barrois*, 1829, in-8, demi-rel. v. f. tr. marb.

704. Précis historique de la Révolution françoise, par J.-P. Rabaut. *Paris*, 1792, pet. in-12, figures, demi-rel. v. f. non rogné.

Exemplaire avec les figures de Moreau le jeune avant la lettre.

705. Elysée Loustallot et les Révolutions de Paris (juillet 1789 — septembre 1790), par Marcellin Pellet. *Paris*, 1872, in-12 br.

706. La Fleur des pois, Carnot et Robespierre, amis et ennemis, capilotade historique, poétique, drolatique, par F. Grille. *Paris, Ledoyen*, 1853, in-12, br.

707. Souvenirs de l'école de Mars et de 1794, par E.-Hyacinthe Langlois. *Rouen, F. Baudry*, 1836. gr. in-8, de 42 pp. cart. non rogné.

708. Brochures sur la Révolution. Ens. 14 vol. ou brochures.

Révolution française de 1789, par J.-D..... *Paris*, 1792. — Notice sur Ant. Desparcieux, par Mahérault. *Paris, an VIII.* Plan d'études provisoires, par les citoyens Crouzet et Mahérault. — Notice sur Ant. Leblanc, par Mahérault. *Paris, an VIII.* — Notice historique sur Préville, par Dazincourt. — In obitum D. Le Fevre d'Ormesson, par Mahérault. *Parisiis*, 1789. — etc., etc.

709. Brochures sur la Révolution. Env. 80 broch. in-8.

710. Manuel pour la concordance des calendriers républicain et grégorien, ou Recueil complet de tous les annuaires depuis la première année républicaine. *Paris, A.-A. Renouard*, 1807, in-12, demi-rel. v. f.

711. Histoire du Consulat, par M. A. Thiers. *Paris, Lheureux*, 1865, in-4, portr. et figures sur bois, demi-rel. chag. r. tr. marb. (*Texte à deux colonnes.*)

712. Fêtes à l'occasion du mariage de S. M. Napoléon avec Marie-Louise. *Paris*, 1810, in-8, planches au trait, demi-rel. veau ant. tr. marb.

713. Notices biographiques des princes et princesses de la maison d'Orléans. *Paris*, 1824. — Biographie militaire de Sa Majesté Louis-Philippe Ier, par Ad. Pascal, 1841. — Vie de Mathieu Molé. — Éloge funèbre du général Drouot, par Lacordaire. *Paris*, 1847. — Éloge de M. le maréchal Moncey, par le baron Dupin. *Paris*, 1843. — Le Robespierre de M. de Lamartine, par Fab. Pillet. *Paris*, 1848. — Quelques esquisses de la vie judiciaire de M. Chauveau-Lagarde, par L. Aimé-Martin. *Paris*, 1841. — La vérité sur Mme Roland. — Le grand Castriotto d'Albanie, histoire. *Paris*, 1779. Ens. 20 br. in-8.

714. Histoire de Louis-Philippe Ier, roi des Français, par M. Am. Bodin. *Paris*, 1847. 2 vol. gr. in-8, nombr. gr. sur bois, br.

715. Curiosités révolutionnaires. Les affiches rouges, reproduction exacte et histoire critique de toutes les affiches ultra-républicaines placardées sur les murs de Paris depuis le 24 février 1848 avec une préface par un girondin. *Paris*, 1851, in-12 br.

716. Compte de la liquidation de la liste civile et du domaine privé du roi Louis-Philippe, rendu par M. Vavin, liquidateur général le 30 décembre 1851. *Paris, impr. D'E. Duverger, s. d.*, in-4, broché.

Envoi autographe signé de l'auteur à M. Mahérault.

717. Almanach historique pour l'année 1869, depuis la création d'Adam. *Paris*, 1869, in-12, cart. non rogné.

---

718. Mémoires pour servir à l'histoire des maisons royalles et bastimens de France, par And. Félibien. *Paris, Baur,* 1874, in-8, cart. non rogné.

719. Paris municipe, ou Tableau de l'administration de la ville de Paris, depuis les temps les plus reculés jusqu'à nos jours, par Alex. de Laborde. *Paris, F. Didot,* 1823, in-8, br.

720. Paris monumental, guide pratique de l'étranger dans Paris et ses environs, par A. Lasmarrigues. *Paris,* 1863, in-12, cart. non rogné.

721. Hôtel de la Présidence, actuellement hôtel de la Préfecture de police, recherches historiques par M. C. Labat. *Paris*, 1844, plaq. in-8, de 32 pp. planches, cart.

722. Recherches historiques et critiques sur la morgue, par F. Maillard. *Paris*, *Ad. Delahays,* 1860, in-12, br.

Exemplaire sur papier de Hollande.

723. Guide dans les cimetières de Paris. *Paris,* 1865, in-12, grav. sur bois, cart. non rogné.

724. Promenades aux cimetières de Paris, par M. P. de S.-A. *Paris*, *Panckoucke*, 1825, 2 tomes en 1 vol. in-12, cart. éb.

725. Le Père-Lachaise historique, monumental et biographique, par M. A. Henry. *Paris*, *s. d.*, 1 pl. — Le cimetière du Sud (Montparnasse), par M. Pinard. *Paris,* 1866, 2 vol. in-12, cart. et br.

726. Domaine de la couronne. Palais de Saint-Cloud, résidence impériale, par MM. Ph. de Saint-Albin et Ar. Durantin. *Paris*, 1864, in-8, plan. cart. non rogné.

727. Les Palais de Trianon: histoire, description, catalogue des objets exposés sous les auspices de Sa Majesté l'impératrice, par M. de Lescure. *Paris, H. Plon*, in-12, gr. sur bois, br.

---

728. Conjuration des Espagnols contre la République de Venise, par Saint-Réal. — Conjuration des Gracques (par le même). *A Paris, A.-A. Renouard*, 1803, 2 ouvr. réun. en 1 vol. in-12, demi-rel. mar. vert non rogné.

Exemplaire sur PAPIER ROSE.

729. History of the reign of Ferdinand and Isabella the Catholic, of Spain, by W.-H. Prescott. *London, R. Bentley*, 1838, 3 vol. in-8, portr. sur acier, demi-rel. avec c. chag. viol. fil. tr. dorée. (*Rel. angl.*)

730. Dictionnaire historico-artistique du Portugal, par le comte A. Raczynski. *Paris, J. Renouard*, 1847, in-8, pl. br.

ARCHÉOLOGIE. — BIOGRAPHIE. HISTOIRE LITTÉRAIRE.

731. Le Costume des peuples de l'antiquité, prouvé par les monuments, par André Lens, peintre ; nouvelle édition, corrigée, rectifiée et considérablement augmentée, par G.-H. Martini. *A Dresde, chez les fr. Walther*, 1785, in-4, 57 planches, cart. non rogné.

732. Recherches sur les costumes, les mœurs, les usages religieux, civils et militaires des anciens peuples, ouvrage mêlé de critiques, etc., par J. Malliot, publié par P. Martin. *Paris, impr. de P. Didot, an XII*, 1804, 3 vol. in-4, nombr. planches au trait, brochés.

Mouillures.

733. Société archéologique d'Eure-et-Loir. Exposition archéologique et d'objets d'arts, à Chartres, 1858, gr. in-12, cart.

734. Der Mythos alter Dichter in bildlichen Darstellungen (von Fr. Stöber.) *Wien, Härter*, 1821, pet. in-4, demi-rel. bas. r. 60 planches.

735. Catalogue du cabinet d'histoire naturelle et d'antiquités de M. le duc de Caylus. *Paris*, 1772, pet. in-8, cart.

736. Catalogue des antiquités, tableaux, dessins, pierres gravées, etc., qui composent la collection de M. le baron Alquier. *Paris*, 1825, plaq. in-8, de 20 pp. cart.

Ex libris de M. Sauvageot.

737. Art de reconnaitre les médailles fausses des vraies antiques et les divers moyens qu'emploient les faussaires pour les contrefaire et les patiner, par A. Pagnon. *Marseille, Boy*, 1857, in-12 de 58 pp. non rogné.

738. On the chronological sequence of the coins of Syracuse, by Barclay V. Head. *London, J. Russell*, 1874, in-8, cart. perc. v.

739. Les Médailleurs italiens des XVe et XVIe siècles, essai d'un classement chronologique de ces artistes et d'un catalogue de leurs œuvres, par Alf. Armand. *Paris, Plon*, 1879, in-8, br.

740. La Clef du blason, ouvrage élémentaire d'après la méthode du père Menestrier, par D. Quesneville. *Paris, Dumoulin*, 1857, br. in-8, planches.

---

741. Littérateurs et savants. Notices biographiques, éloges et autres monographies. Env. 16 br. in-8.

Notice sur Regnard. — Notice biographique sur Marc-Ant. Jullien de Paris. — Mémoire sur le marquis d'Argens. *Paris, Durand*, 1856. — Mémoire sur Saint-Lambert, par M. Damiron. *Paris*, 1855. — Mémoire sur Maigeon (par le même). *Paris*, 1857. — Mémoire sur Helvétius (par le même). *Paris*, 1853, etc., etc.

742. Notices biographiques extraites du Plutarque français, 10 br. in-8.

Fénélon, né en 1651, mort en 1715. — Callot, né en 1593, mort en 1635 (par J. Amic.) — Boileau, né le 1er novembre 1636, m. le 13 m. 1711 (par A. Delaforest). — Montaigne, né en 1553, m. en 1592 (par de Peyronnet). — Regnard, né en 1656, m. en 1710 (par A. Delaforest). — Voltaire, né en 1694, m. en 1778. — Molière, né en 1620, m. en 1673 (par J. Janin). — P. Corneille, né en 1606, m. en 1684 (par A. Guiraud). — Montesquieu, né en 1686, mort en 1755 (par Audibert).

743. Littérateurs. Biographies, éloges et autres monographies. 8 br. in-8.

Une Page de l'histoire de mes livres, par E. Sue. — Biographie de M. Marion du Mersan. — Étude sur Ph. Desportes, par Al. Michiels. *Paris*, 1858. — H. Murger, par Th. Pelloquet. *Paris*, 1861, port. photogr. — G. Sand, par le comte Th. Walsh. — Documents biographiques sur Daunou, par Taillandier. *Paris*, *F. Didot*. 1841.

744. Notices biographiques, éloges et autres monographies de littérateurs et savants, environ 30 br. in-8.

Éloge de Gresset. — Éloge de B. de Saint-Pierre, par M. Satin. — Notice sur le marquis de Cubières, par Silvestre. — Notice sur la vie et les ouvrages de Le Sage, par Audiffret. *Paris*, *Renouard*, 1821. — Notice sur Marmontel, par Saint-Surin. *Paris*, 1824. — Notice sur la vie de Quinault, par Crapelet, etc. etc.

745. Notices biographiques de littérateurs et savants, env. 15 br. in-8.

Notice sur Delille. — Ch. Lamb., par And. Lamb. — Les Estienne, par M. M. Didot. — La Famille Guizot, par Quérard. — Biographie de La Beaumelle. — Étude de la famille Didot, par Ed. Werdet. — Notice sur Fr. Villon. — Éloge de J. Delille, par Lacretelle.

746. Notices biographiques, etc. Env. 20 br. in-8.

H. Barbedette. — Weber, essai de critique musicale. — Marat, par P. Fassy. *Paris*, 1867. — Notice sur Ch. Furne. *Paris*, 1860. — Guillotin et la guillotine, par Ach. Chereau. *Paris*, 1870. — Le duc d'Elchingen. *Paris*, 1854. — M. Robespierre et M. Thiers, etc. etc.

747. Les Nains célèbres depuis l'antiquité jusques et y compris Tom-Pouce, par A. d'Albanès et G. Fath., illustrés par E. de Beaumont. *Paris*, *s. d.*, in-8, gr. sur bois, cart. non rogné.

748. Notice sur la vie et les ouvrages de P. de Corneille Blessebois, par M. Ed. Cléder. *Paris*, *Aug. Aubry*, 1862, in-12 de 55 pp. cart.

749. Étude sur la vie et les ouvrages de Saint-Evremont, discours par M. Gidel. *Paris*, 1866, gr. in-8, cart. non rogné.

750. Biographie de Fontenelle, par M. Charma. *Caen*, 1846, plaq. in-8 de 96 pp. cart. non rogné.

751. Mémoire sur Diderot, par M. Damiron. *Paris, Panckoucke*, 1852, in-8, cart.

752. Le Marquis de Sade (par J. Janin). *S. l. n. d.*, plaq. in-8, de 40 pp. cart.

Extrait de la *Revue de Paris* (Tome XI, pp. 322 à 360.)

753. Un Napolitain du dernier siècle. — Contes, lettres et pensées de l'abbé Galiani avec introduction et notes, par P. Ristelhuber. *Paris*, 1876, in-12 carré, cart. tête jaspée, non rogné.

754. Dictionnaire des grands hommes du jour, par une société de très petits individus. *Paris, an VIII*, in-12, cart. non rogné.

755. Biographie des gens de lettres et des artistes vivants, par MM. Guyot de Fère et B. de B. *Paris*, 1842-43, in-8, portraits, cart. non rogné.

756. Souvenir de J.-N. Barba. *Paris*, 1846, in-8, portr. lith. cart. non rogné.

757. M. Étienne. — Essai biographique et littéraire, par M. Léon Thiessé. *Paris, F.-Didot*, 1854, in-8, portr. cart. non rogné.

758. Souvenirs de Mme Jenny D..., publiés par Eug. de Lamerlière. *A Paris, chez Vente*, 1821, in-12, demi-rel. veau f. ant. tr. marb.

759. Éloge de M. Devosge, par Fremiet-Monnier. *Dijon*, 1813, portr., 113 pp. — Notice sur Ant. Dubost. (*Lyon*, 1827), 20 pp. — Notice sur F.-F. Lemot. 32 pp. — Notice historique sur la vie et les ouvrages de M. Millin, par M. Dacier. *Pa-*

ris, F.-Didot, 1821, portr. 25 pp. — Hommage rendu à la mémoire de M. J.-J. de Boissieu. 1810, 28 pp. — Epître à Nic. Poussin, *Paris*, 1819, 16 pp. Notice sur D. Sarrabat. 12 pp. — Ens. 7 pièces, réun. en 1 vol. in-8, demi-rel. veau f. tr. marb.

760. Pétrus Borel le lycanthrope, sa vie, ses écrits, par J. Claretie. *Paris, R. Pincebourde*, 1865. in-12, front. gr. à l'eau-forte, broché.

761. A. Jal. Souvenirs d'un homme de lettres (1795-1873). *Paris, L. Techener*, 1877, in-12, broché.

---

762. Nouveaux Essais d'histoire littéraire, par F. Géruzez. *Paris*, 1845, in-8, broché.

763. Statistique des lettres et des sciences en France. — Institutions et établissements littéraires et scientifiques. — Dictionnaire des hommes de lettres des savans existant en France, etc., par M. Guyot de Fère-Paris. *Paris*, 1834, in-8, cart. non rogné.

764. Les Archives de la France, leurs vicissitudes pendant la révolution, leur régénération sous l'empire, par le marquis de Laborde. *Paris, Renouard*, 1867, in-12, cart. tête jaspée, non rogné.

765. Histoire de la querelle des anciens et des modernes, par Hipp. Rigault. *Paris, Hachette*, 1856, in-8, broché.

766. Tableau littéraire du XVIIIe siècle, ou essai sur les grands écrivains de ce siècle et les progrès de l'esprit humain en France, suivi de l'Éloge de La Bruyère, par M[rie] J.-J. Victorin-Fabre. *Paris, Michaud*, 1810, in-8, broché.

767. De quelques écrivains nouveaux, par Ern. Prarond. *Paris, M. Lévy*, 1852, in-12, cart. tête jasp. non rogné.

768. Jacques Reynaud. Portraits comtemporains. *Paris, Amyot*, 1859, in-12, broché.

769. Notice sur le doctorat ès lettres, suivie du Catalogue des thèses latines et françaises admises par les Facultés des lettres, depuis 1810, avec index et table alphabétique des docteurs, par M. Ath. Mourier. *Paris, Delalain*, 1855, in-8, de 78 pp. demi-rel. v. vert.

770. Revue des Deux Mondes. Table générale 1831-1874. *Paris*, 1875, in-8, cart. non rogné.

771. Les Écrivains normands au XVIIe siècle, par C. Hippeau. *Caen*, 1858, in-12, cart. non rogné.

772. Dictionnaire des hommes de lettres, des savans et des artistes de la Belgique, etc., etc. *Bruxelles*, 1837, in-8, demi-rel. chag. v.

773. Analyse des travaux de la Société des Philobiblon de Londres, par Oct. Delepierre. *Paris, Hetzel*, 1862, in-8, demi-rel. mar. doré en tête, non rogné.

BIBLIOGRAPHIE.

774. Manuel typographique, utile aux gens de lettres par Fournier. *A Paris, chez Barbou*, 1764-66, 2 vol. in-12, portr. de l'auteur gr. par Gaucher d'après Bichu, 1748, front. et nombr. planches, broché.

775. Jean Gutenberg, premier maître imprimeur, ses faits et discours les plus dignes d'admiration et sa mort. Ce récit fidèle, écrit par Fr. Dingelstedt, est ici traduit de l'allemand en français, par Gust. Revilliod. *A Genève, par J.-G. Fick*, 1858, gr. in-8 de 69 pp., pap. vélin fort, figures gr. à l'eau-forte, demi-rel. veau f. tête jasp. non rogné.

776. Histoire d'un livre, par Mary Lafon. *Paris, Parmantier*, 1857, in-12, broché.

777. Histoire du Livre en France, depuis les temps

les plus reculés jusqu'en 1789, par Ed. Werdet. *Paris, Dentu*, 1861-64, 4 vol. in-12, brochés.

778. Imprimeurs imaginaires et Libraires supposés, étude bibliographique par Gust. Brunet. *Paris, Tross*, 1866, in-8, demi-rel. chag. v. tête jasp. éb.

779. Cazin, sa vie et ses éditions par un cazinophile (Brissard-Binet). *Cazinopolis*, 1862, in-12, cart. non rogné.

780. L'Imprimerie, la Librairie et la Papeterie à l'Exposition universelle de 1851. Rapport du XVIIe jury présenté par M. Ambr. F.- Didot. *Paris, Impr. imp.* 1854, in-8, cart. non rogné.

Envoi autographe, signé de l'auteur à son petit-fils, M. Gast. Desvergers.

781. Bibliographie, Imprimerie. Ens. 20 br. in-8.

La Bibliothèque impériale, son organisation, etc. *Paris, Aubry*, 1861 : — Suppléments et errata au 2e vol. intitulé : *Journal et Mémoires du marquis d'Argenson*. Renouard, 1860. *Paris*, 1860. — Bibliographie des ouvrages composés et traduits par Fortin d'Urban. *Paris*, 1840. — Notice historique et bibliographique des journaux et ouvrages périodiques publiés en 1818. *Paris*, 1819. — Œuvres posthumes de Quérard, publiées par G. Brunet. Livres perdus et exemplaires uniques. *Bordeaux*, 1872. — Notice sur les manuscrits et les éditions de Télémaque. Études sur la reliure des livres, par M. Brunet. — Notice historique sur l'Impr. nationale, etc.

---

782. Manuel du libraire, du bibliothécaire et de l'homme de lettres, par un libraire. *Paris, Thoisnier-Desplaces*, 1829, in-18, cart.

783. Manuel du libraire et de l'amateur de livres, par J.-Ch. Brunet. *A Paris, chez Silvestre*, 1842-43, 5 vol. in-8, demi-rel. avec c. mar. bl. fil. à fr. tr. peigne.

784. Manuel du libraire et de l'amateur de livres, par J.-Ch. Brunet. *Paris, F.-Didot*, 1860-65, 12 part. in-8, broché.

785. Dictionnaire des ouvrages anonymes et pseudonymes, par M. Barbier. *Paris, Barrois*, 1822, 4 vol. in-8, demi-rel. veau v. tr. marb.

786. Nouveau Recueil d'ouvrages anonymes et pseudonymes, par M. de Manne. *Paris, Gide*, 1834, in-8, demi-rel. v. vert.

787. Nouveau Dictionnaire des ouvrages anonymes et pseudonymes la plupart contemporains, avec les noms des auteurs ou éditeurs accompagné de notes historiques et critiques, par E. de Manne. Nouvelle édition. *Lyon, Scheuring*, 1862, in-8, broché.

788. Retouches au nouveau dictionnaire des ouvrages anonymes et pseudonymes de M. E. de Manne par l'auteur des Supercheries littéraires dévoilées (Quérard). *Paris*, 1862, br. in-8, de 40 pp.

789. Charles Joliet. Les Pseudonymes du jour. *Paris, Ach. Faure*, 1867, in-12, broché.

Exemplaire en GRAND PAPIER DE HOLLANDE, tiré à 120 exemplaires numérotés par l'auteur. (N° 54.)

790. Répertoire bibliographique universel, etc., par Gabr. Peignot. *Paris, chez A.-A. Renouard*, 1812, in-8, demi-rel. v. f.

791. Répertoire de bibliographies spéciales, curieuses et instructives, contenant la notice raisonnée des ouvrages imprimés à petit nombre d'exemplaires, etc., etc., par Gabr. Peignot. *Paris, Renouard, Allais*, 1810, in-8, demi-rel. bas.

792. Catalogue par ordre alphabétique des ouvrages imprimés de Gabr. Peignot, comprenant plusieurs ouvrages non indiqués dans les catalogues publiés précédemment, par P. M. (Ph. Milsand). *Paris, A. Aubry, — Dijon, Decailly*, 1861, in-8 de 54 pp. demi-rel. avec c. mar. vert. doré en tête non rogné.

Exemplaire avec le supplément publié en 1863, in-8, 14 pp. broché.

793. Essai de bibliographie contenant l'indication des ouvrages relatifs à l'histoire de la gravure

et des graveurs, par G. Duplessis. *Paris*, *Rapilly*, 1862, plaq. in-8 de 48 pp. cart. non rogné.

794. Essai d'une bibliographie générale des Beaux-Arts, par G. Duplessis. *Paris*, *Rapilly*, 1866, in-8 cart. non rogné.

795. Bibliographie méthodique et raisonnée des Beaux-Arts, par Ern. Vitet. *Paris, F.-Didot*, 1874, 3 fasc. in-8, broché.

Livraisons I, II.

796. Guide de l'amateur de livres à vignettes du XVIIIe siècle, etc., par H. Cohen. *Paris, chez Rouquette*, 1870, in-8, cart. éb.

797. Henry Cohen. — Guide de l'amateur de livres à figures et à vignettes du XVIIIe siècle. Troisième édition entièrement refondue et augmentée, par Ch. Mehl. *Paris, Rouquette*, 1879, in-8, broché.

798. Manuel de l'amateur d'illustrations, par M. J. Sieurin. *Paris, Ad. Labitte*, 1875, in-8, broché.

799. Bibliographie de l'œuvre de P.-J. de Béranger. par J. Brivois. *Paris, Conquet*, 1876, in-8, br.

800. Petite Bibliographie biographico romancière, ou Dictionnaire des romanciers, etc. *Paris*, 1821, in-8, br. plus 4 livres de supplément.

801. Recherches bibliographiques et critiques sur les éditions originales des cinq livres du roman satirique de Rabelais, etc., etc., pour servir de supplément à toutes les éditions des œuvres de Rabelais, par Jacq. Ch. Brunet. *Paris*, *Potier*, 1852, in-8, cart. non rogné.

802. Bibliographie et Iconographie de tous les ouvrages de Restif de La Bretonne, par P. L. Jacob (P. Lacroix). *Paris, Aug. Fontaine*, 1875, fort vol. in-8, portr. broché.

803. Bibliographie de Manon Lescaut et notes pour servir à l'histoire du livre, par M. H. Harisse. *Paris, D. Morgand et Ch. Fatout*, 1877, in-8, broché.

804. Bibliotheca Scatologica ou Catalogue raisonné des livres traitant des vertus, faits et gestes de très noble et très ingénieux Messire Luc (à rebours) seigneur de la Chaise et autres lieux, etc., traduit du prussien et enrichi de notes très congruantes au sujet par trois savants en us. *Scatotopolis, chez les marchands d'Aniterges, l'année scatogène*, 5850, in-8, broché.

Tiré à très petit nombre.

805. Bibliographie des ouvrages relatifs à l'amour, aux femmes, au mariage, etc., par M. le comte D'I***. *Paris, chez J. Gay*, 1864, in-8, cartonné.

806. Bibliographie des principaux ouvrages relatifs à l'amour, aux femmes, au mariage, par M. le comte d'I*** (Le duc d'Otrante). *Paris, J. Gay*, 1861, in-8. broché.

807. Essai d'une bibliographie générale du théâtre, ou Catalogue raisonné de la bibliothèque d'un amateur complétant le catalogue Soleinne, par F. de Filippi. *Paris, Tross*, 1861, in-8, broché.

Tiré à 200 exemplaires.

808. Les Éditions illustrées de Racine, par A.-J. Pons. *Paris, Quantin*, 1878, in-8, 2 portr. gr. à l'eau-forte, broché.

809. Mélanges tirés d'une petite bibliothèque romantique, par Ch. Asselineau. *Paris, René Pincebourde*, 1866, in-8, front. gr. à l'eau-forte, par C. Nanteuil, demi-rel. chag. vert, tête jasp. non rogné.

Tiré à 50 exemplaires sur GRAND PAPIER DE HOLLANDE.

810. Bibliographie romantique, par Ch. Asselineau,

seconde édition, revue et très augmentée. *Paris, Rouquette*, 1872, in-8, une eau-forte de Bracquemond, cart. non rogné.

811. Bibliographie historique et critique de la presse périodique française, précédée d'un essai historique et statistique sur la naissance et les progrès de la presse périodique dans les deux mondes, par Eug. Hatin. *Paris, F.-Didot*, 1866, in-8, demi-rel. mar. citr. doré en tête, non rogné.

812. Bibliographie parisienne, ou Catalogue d'ouvrages de sciences, de littérature, etc., imprimés ou vendus à Paris, avec les jugements qui en ont été portés dans les écrits périodiques, etc., par une société de gens de lettres, année 1770. *A Paris, chez Desnos, s. d.* 2 tomes en 1 vol. in-8, bas. antique.

813. Tables de la Bibliographie de la France, années 1811 à 1856, 35 vol. in-8, brochés.

Il manque les années 1829-31-33-34-45-46-49 et 50. Ces volumes n'ont pas de titre général, à part trois ou quatre volumes.

814. Catalogue général de la librairie française au XIXe siècle, par M. P. Chéron. *Paris*, 1856-57, 2 vol. in-8, brochés.

Ce sont les tomes I et II.

815. Catalogue des ouvrages condamnés depuis 1814 jusqu'à ce jour 1er sept. 1827. *Paris, Pillet*, 1827, in-18, demi-rel. avec c. veau f. tr. marbré.

816. Catalogue des écrits, gravures et dessins condamnés depuis 1814 jusqu'au 1er janvier 1850, suivi de la liste des individus condamnés pour délits de presse. *Paris, Pillet*, 1850, in-12, broché.

817. Variétés, Notices et Raretés bibliographiques, par Gabr. Peignot. *Paris, Renouard*, 1822, in-8, demi-rel. basane.

818. Variétés bibliographiques, par Ed. Tricotel. *Paris, chez J. Gay*, 1863, in-12 cart. non rogné.

819. Fantaisies bibliographiques, par Gust. Brunet. *Paris, J. Gay*, 1864, in-12 cart. éb.

820. Curiosités bibliographiques et artistiques, livres, manuscrits et gravures qui, en vente publique, ont dépassé le prix de mille francs, tableaux payés plus de cinquante mille francs, par Gust. Brunet. *Genève, chez Gay*, 1867, in-8, cart. non rogné.

821. Dissertations bibliographiques, par P. L. Jacob, bibliophile (P. Lacroix). *Paris, chez J. Gay*, 1864, in-12, cart. éb.

822. Énigmes et Découvertes bibliographiques, par P. L. Jacob (P. Lacroix). *Paris*, 1866, in-12, cart. non rogné.

823. Annuaire du bibliophile publié par L. Lacour. *Paris*, années 1860-61-62 et 63, 3 vol. in-12 et une brochure.

824. Le Mirouer || du bibliophile Parisien || où se voyent au vrai le naturel, les || ruses et les joyeulz esbat || tements des fure || teurs de vieilz || livres. || *Imprimé à Paris, par Guiraudet et Jouaust* || pour *A. Bonnardot, Parisien*, || 1848, in-12, de 92 pp. cart. non rogné.

Tiré à 160 exemplaires, titre en gothique.

825. Traité du Choix des livres...., par Gab. Peignot. *Paris*, *Renouard*, 1817, in-8, demi-rel. bas. v.

826. Essai sur la restauration des anciennes estampes et des livres rares, etc., par A. Bonnardot. *Paris*, 1846, br. in-8, de 80 pp. et suppl. de 31 pp.

827. Essai sur l'art de restaurer les estampes et les

livres...., par Bonnardot. — De la réparation des vieilles reliures (par le même). *Paris, Castel*, 1858, 2 part. en 1 vol. in-12, demi-rel. chag. viol. éb.

828. Feuille de correspondance du libraire, ou notice des ouvrages publiés dans les différens journaux qui circulent en France et dans l'étranger, et par le moyen de laquelle il met ses correspondans au courant des nouveautés. *A Paris, chez Aubry*, 1791, in-8, demi-rel. v. gris.

829. Le Télégraphe littéraire ou le Correspondant de la librairie. (*Paris, de l'impr. de Panckouke*), *an X*, 124 numéros réimpr. en 2 vol. in-8, demi-rel. basane.

Ex libris de Cayrol.

830. Répertoire de librairie, etc., précédé d'un Coup d'œil sur la librairie française, etc., par Ravier, libraire. *A Paris*, 1807, in-8, demi-rel. basane.

831. De la librairie française : son passé, — son présent, — son avenir, avec des notices biographiques sur les libraires éditeurs les plus distingués depuis 1789, par Ed. Werdet. *Paris, Dentu*, 1860, in-12, broché.

832. Liste de catalogues de ventes d'objets d'art faites de 1831 à 1853, par J. Defer. *Paris*, 1853, br. in-8, de 34 pp. — Liste des catalogues rédigés par M. Vignières, 4 ff. in-8.

833. Plan d'une bibliothèque universelle, étude des livres qui peuvent servir à l'histoire littéraire et philosophique du genre humain, etc., par L. Aimé-Martin. *Paris, Desrez*, 1837, in-8, cart. tête jaspée, non rogné.

Envoi autographe signé de l'auteur.

834. Notices historiques sur les bibliothèques anciennes et modernes, suivies d'un tableau com-

paratif des produits de la presse de 1812 à 1825, par J.-L.-A. Bailly, *Paris, Rousselon*, 1828, in-8, cart. non rogné.

835. De l'organisation des bibliothèques dans Paris, par le comte de Laborde. *Paris, Franck*, 1845, 4 fasc. gr. in-8, brochés.

Première lettre. — La Bibliothèque royale occupe le centre topographique et intellectuel de la ville de Paris.
Deuxième lettre. — Revue critique des projets présentés pour le déplacement de la Bibliothèque royale.
Quatrième lettre. — Le palais Mazarin et les habitations de ville et de campagne au XVIIe siècle.
Huitième lettre. — Étude sur la construction des bibliothèques.

836. Dissertation sur les bibliothèques avec une table alphabétique, tant des ouvrages publiés sous le titre de bibliothèques, que des catalogues imprimés de plusieurs cabinets de France et des pays étrangers (par le président Durey de Noinville). *Paris, H. Chaubert*, 1758. — Table alphabétique des Dictionnaires, en toutes sortes de langues et sur toutes sortes de sciences et d'arts (par le même). *Paris*, 1758, 2 ouvr. réun. en 1 vol. in-12, veau ant. marbré.

837. La Bibliothèque de Ch. d'Orléans à son château de Blois en 1427, publiée pour la première fois d'après l'inventaire original par Le Roux de Lincy. *Paris, F.-Didot*, 1843, plaq. in-8, de 59 pp. cart. non rogné.

---

838. Catalogue des livres de monsieur le président Crozat de Tugny. *A Paris, chez Thiboust*, 1751, in-8, demi-rel. bas.

Exemplaire avec les prix d'adjudication mis à l'encre.

839. Catalogue des livres de la bibliothèque de feu madame la marquise de Pompadour, dame du palais de la Reine. *A Paris, chez Hérissant*, 1765, in-8, veau f. ant. fil.

Exemplaire avec les prix d'adjucation mis à l'encre et la table des auteurs.

840. Catalogue des livres de la bibliothèque de feu M. Delaleu. *A Paris, chez Saillant et Nyon*, 1775. — Catalogue des livres de M. Mariette. *Paris, Pissot*, 1775. — Catalogue des livres de la bibliothèque de M*** (Midy), *Paris, Mérigot*, 1775. 3 cat. réun. en 1 vol. in-8, v. f. ant. fil. tr. marbrée.

Ces trois catalogues ont les prix d'adjucation mis à l'encre.

841. Catalogue des livres de la bibliothèque de feu M. le duc de la Vallière, par Guill. de Bure. *Paris*, 1783, 2 vol. in-8, portr. par Cochin et planches, veau marbré.

842. Catalogue des livres en très petit nombre qui composent la bibliothèque de M. Mérard de Saint-Just. *Paris, de l'impr. de Didot aîné*, 1783, in-12, broché.

Tiré à 25 exemplaires.

843. Bibliotheca parisiana. A catalogue of a collection of books, formed by a gentleman in France. *London*, 1791, pet. in-8, demi-rel. veau f.

844. Catalogue abrégé des livres de la bibliothèque de feu le citoyen Ch.-S. Favart, rédigé par le citoyen Rozet. *Se trouve à Paris*, 1793, in-8, cartonné,

845. Catalogue de la bibliothèque des livres de feu M. l'abbé Rive. *A Marseille*, 1793, 3 part. en 1 vol. in-8, cart. non rogné.

846. Catalogue des livres précieux, singuliers et rares, tant imprimés que manuscrits, qui composaient la bibliothèque de M*** (Méon). *Paris, Bleuet, an XII*, 1803, in-8, demi-rel. v. f. tr. marbrée.

847. Catalogue des livres rares et précieux de la bibliothèque de M. R. (Renouard) dont la vente se fera par M. Sylvestre, le lundi 28 brumaire

an XIII (10 nov. 1804). *Paris, A.-A. Renouard*, 1804, pet. in-8, basane.

848. Catalogue des livres de la bibliothèque de S. E. M. le comte de Boutourlin, revu par MM. A.-A. Barbier et Ch. Pougens. *Paris, an XIII* (1805), 2 part. en 1 vol. in-8, demi-rel. chag. vert. tête jasp. non rogné.

Exemplaire sur papier de Hollande avec la table des auteurs.

849. Catalogue des livres rares et précieux et manuscrits sur vélin, du cabinet de feu M. Detienne. *Paris*. 1807. — Catalogue d'une précieuse collection d'estampes encadrées en feuilles et en recueils, qui composaient le cabinet de feu M. Detienne, par Regnault. *Paris*, 1807, 2 cat. réun. en 1 vol. in-8, cart. tête jasp. non rogné.

Exemplaire avec les prix d'adjudication mis à l'encre.

850. Catalogue des livres manuscrits et imprimés des peintures, dessins et estampes, du cabinet de M. L. (Lami, libraire.) *A Paris, A.-A. Renouard*, 1807, in-8, demi-rel. v. f.

Exemplaire avec la table des auteurs, 72 pp.

851. Catalogue des livres rares, précieux, et très bien conditionnés, provenant du cabinet de M. F.-D. (Firmin Didot). *Paris, chez Debure*, 1808, in-8, demi-rel. bas. ant.

Cette collection provenait originairement du cabinet de M. Naigeon, où elle fut acquise par M. Didot, pour la somme de 80,000 francs.

852. Catalogue des livres de feu M. Dazincourt. *Paris, Debure*, 1809, in-8 de 26 pp. cart. non rogné.

853. Catalogue des livres rares, précieux, et très bien conditionnés, du cabinet de M. Firmin-Didot. *A Paris, chez Debure*, 1810, in-8, demi-rel. bas. ant.

854. Catalogues des livres rares, précieux et bien

conditionnés, du cabinet de M*** (Cte d'Ourches). *A Paris, chez Brunet*, 1811, in-8, cart. éb.

Exemplaire avec la table des auteurs.

855. Catalogue des livres de la bibliothèque de feu M. M.-J. de Chénier. *Paris*, 1811. — Catalogue des livres rares, précieux et bien conditionnés, du cabinet de M*** (d'Ourches), par J.-Ch. Brunet. *Paris, Brunet*, 1811, 2 cat. réun. en 1 vol. in-8, demi-rel. v. f. ant.

Exemplaire avec les prix d'adjudication mis à l'encre.

856. Catalogue des livres de la bibliothèque de feu M. M.-J. de Chénier, précédé d'une notice historique sur sa vie et ses ouvrages, par M***, disposé et mis en ordre par J.-A. Bleuet, *Paris*, 1811, in-8, demi-rel. v. f. non rogné.

Exemplaire interfolié de papier blanc.

857. Catalogue d'un beau choix de livres, composant le cabinet de feu M. Claude-Joseph Clos. *Paris, Tilliard*, 1812, in-8, cartonné.

Exemplaire avec les prix d'adjudication mis à l'encre.

858. Catalogue des livres de la bibliothèque de feu M. Sinson. *Paris, chez Silvestre*, 1813, in-8, cart. non rogné.

Exemplaire avec les prix d'adjudication mis à l'encre.

859. Catalogue des objets d'antiquité et de curiosité, qui composaient le cabinet de feu M. l'abbé Campion de Tersan. *Paris*, 1819, in-8, cart. non rogné.

860. Catalogue des livres composant la bibliothèque de feu M. Edme-Bon. Courtois. *Paris*, *Merlin*, 1819, in-8, v. ant.

861. Catalogue de la bibliothèque d'un amateur, avec notes bibliographiques, critiques et littéraires. *A Paris, chez Ant.-Aug. Renouard*, 1819, 4 vol. in-8, demi-rel. veau f. tête jasp. non rog.

862. Catalogue des livres de la bibliothèque de feu M. l'abbé Morellet, de l'Académie française. *Paris, Verdière*, 1819, in-8, veau marb.

863. Réunion de catalogues de livres avec les prix manuscrits, 9 vol. ou br. in-8.

Catalogue de feu M. Lair, 1819. — Bibliothèque Langlès (table imprimée). — P. Didot, 1827. — La Mésangère, *De Bure*, 1831. — Vivenel, 1835. — M. de Courcelles, 1835. — F. Bertin, *Techener*. 1837. — F. Bertin, *Potier*, 1852. — Benzon, 1875.

864. Catalogue de la bibliothèque de M. Paris, suivi de la description de son cabinet. *Besançon*, 1821, in-8, portr. et planches, cart. non rogné.

865. Catalogue des livres rares et précieux, des manuscrits, etc., de la bibliothèque rassemblée par feu M. Paignon-Dijonval, et continuée par M. le vicomte de Morel-Vindé. *A Paris, chez Debure*, 1822, in-8, cart. non rogné.

866. Catalogue des livres imprimés et manuscrits de la bibliothèque de feu M. le marquis Germain Garnier. *Paris, chez Brunet*, 1822, in-8, demi-rel. v. f. ant. tr. marb.

867. Catalogue des livres rares et précieux, de manuscrits, etc., de la bibliothèque de M. Chardin. *Paris, Debure*, 1823, in-8, demi-rel. bas. v.

Exemplaire avec les prix d'adjudication mis à l'encre.

868. Catalogue des livres, la plupart rares et précieux, et tous de la plus belle condition, faisant partie de la bibliothèque de M. le marquis de Ch*** (Chateaugiron). *Paris, Merlin*, 1827, in-8, cartonné.

869. Catalogue des livres de la bibliothèque de feu M. A.-A. Barbier. *Paris*, 1828, in-8, demi-rel. v. vert, tr. marb.

870. Catalogue des livres de la bibliothèque de feu M. A.-M.-H. Boulard, rédigé par L.-F. Gaudefroy

et J.-A. Bleuet. *Paris,* 1828, 5 tomes réun. en 3 vol. in-8, demi-rel. v. f. ant. tr. marb.

871. Catalogue de livres, la plupart sur les Beaux-Arts et sur la littérature italienne, provenant de la bibliothèque de feu M. Morel-Darleux, et Notice d'antiquités envoyées d'Athènes, par M. le chev. Fauvel. *Paris, Merlin,* 1828, in-8 de 84 pp. cart. non rogné.

872. Catalogue des livres rares et précieux composant la bibliothèque de M. S*** (Sensier). *Paris, chez Galliot*, 1828. — Supplément au catalogue, 25 pp. Ens. 2 part. en 1 vol. in-8, cart. tr. jaspée.

873. Catalogue des livres composant la bibliothèque de M. B*** (Bérard). *Paris, Merlin,* 1829, in-8, cart. tr. jaspée.

874. Catalogue des livres rares et précieux de la bibliothèque de M. C*** (Coulon). *Paris, Debure,* 1829, in-8, cart.

875. Catalogue d'un choix de livres des plus précieux, la plupart ornés de dessins originaux provenant de la bibliothèque de M. le C... J... (Comte Jacob). *Paris, Silvestre,* 1829, in-8, cart. non rogné.

876. Catalogue des livres, la plupart rares et précieux, et de la plus belle condition, et d'une suite de grands ouvrages à figures, composant la bibliothèque de M*** (de Chabrol). *Paris, Merlin,* 1829, in-8, cart. tr. jaspée.

877. Catalogue de quelques livres, estampes historiques et portraits rares et curieux. *S. l. n. d.* plaq. in-8 de 56 pp. cartonné.

Ex libris de Ch. Sauvageot. Cette collection appartenait à M. Faucheux, libraire, qui l'a vendue à l'amiable.

878. Catalogue d'un choix de livres très bien conditionnés, et de suites des vignettes, provenant du

cabinet de feu M. Boulle. *Paris*, *Silvestre*, 1831, plaq. in-8 de 46 pp. cartonné.

879. Catalogue des livres de la bibliothèque de feu M. de la Mésangère. *Paris*, *chez Debure*, 1831, in-8, demi-rel. veau f. ant. tr. marb.

880. Catalogue des livres bien conditionnés et des vignettes de M. Simier père. *Se trouve à Paris*, *chez Silvestre*, 1831, plaq. in-8 de 72 pp. cart. non rogné.

881. Catalogue d'une partie de mes livres, comprenant ce qu'il y a de plus curieux et de plus intéressant dans mon cabinet (C.-N. Amanton). *Dijon*, *V. Lagier*, 1832, in-8 de 75 pp. cartonné.

882. Catalogue des livres imprimés et manuscrits, et des autographes composant le cabinet de feu M. de Brugères-Chalabre. *Paris*, *Merlin*, 1833, in-8, cartonné.

883. Catalogue des livres imprimés et manuscrits composant la bibliothèque de feu M. le baron Dacier. *Paris*, *chez Leblanc*, 1833, in-8, demi-rel. v. f. tr. marbrée.

884. Catalogue de la riche bibliothèque de Rosny. *Paris*, *Bossange*, *Techener et Bataillard* (1837), in-8, fac-simile, demi-rel. mar. vert, tête jasp. non rogné.

885. Catalogue des livres rares et précieux de la bibliothèque de M. le comte de la B*** (la Bédoyère). *Paris*, *chez Silvestre*, 1837, in-8, demi-rel. v. f. tr. jaspée.

Exemplaire avec la table des prix d'adjudication.

886. Bibliothèque de M. G. de Pixérécourt, avec des notes littéraires et bibliographiques de ses deux excellens amis, Ch. Nodier et P. Lacroix. *Paris*, 1838, 2 part. en 1 vol. in-8, broché.

Exemplaire sur GRAND PAPIER DE HOLLANDE.

887. Catalogue d'une précieuse collection de livres anciens et rares provenant du cabinet de M. A. A. (Audenet). *A Paris, chez Techener*, 1839, in-8, cartonné.

888. Catalogue des livres imprimés, manuscrits, estampes, dessins et cartes à jouer composant la bibliothèque de M. C. Leber, avec des notes par le collecteur. *A Paris, chez Techener*, 1839, 4 vol. in-8, fig. demi-rel. v. vert.

889. Catalogue des livres composant le fonds de librairie de feu M. Crozet. *Paris, Merlin et Colomb de Batines*, 1841, 2 vol. in-8, brochés.

890. Bibliothèque de M. le baron Silvestre de Sacy. *Paris, à l'Impr. roy.*, 1842, 3 vol. in-8, cart. non rognés.

891. Catalogue des livres, dessins et estampes de la bibliothèque de feu M. J.-B. Huzard. *Paris*, 1842, 3 vol. in-8, cart. non rognés.

Ex libris et signature de Cayrol.

892. Catalogue des livres composant la bibliothèque poétique de M. Viollet-le-Duc. *Paris, Hachette*, 1843, in-8, demi-rel. v. bl. tête jaspée, non rogné.

893. Catalogue des livres composant la bibliothèque poétique de M. Viollet-le-Duc. *Paris, chez J. Flot*, 1847. — Bibliothèque de M. Viollet-le-Duc. *Paris, P. Jousset*, 1849, 2 part. — Notice d'un choix de livres provenant de la bibliothèque de feu M. Viollet-le-Duc. *Paris, H. Labitte*, 1857. 4 part. en 1 vol. demi-rel. v. bl. tête jaspée, non rogné.

894. Catalogue des livres en petit nombre composant la bibliothèque de M. Vivenel. *Paris, J. Techener*, 1844, gr. in-8, demi-rel. chag. bl. tête jaspée, non rogné.

L'un des 5 exemplaires SUR PAPIER BLEU.

895. Description raisonnée d'une jolie collection de livres (Nouveaux Mélanges tirés d'une petite bibliothèque), par Ch. Nodier, précédée d'une introduction par M. G. Duplessis, de la vie de M. Ch. Nodier, par M. Francis Wey, et d'une notice bibliographique sur ses ouvrages. *Paris, J. Techener*, 1844, in-8, demi-rel. chag. vert, tr. jaspée.

Exemplaire avec la table des noms des auteurs et des prix d'adjudication.

896. Catalogue de bons livres, etc., provenant de la bibliothèque de feu M. Solvet. *Paris, Guillemot*, 1847, plaq. in-8 de 26 pp. cartonnée.

897. Notice des livres, dessins, gravures et objets d'art composant le cabinet de feu M. A.-F. Arnaud. *Paris*, 1847, plaq. in-8 de 24 pp. cartonnée.

Ex libris de M. Sauvageot.

898. Catalogue des livres, etc., composant le cabinet de feu M. G. de Perrey. *Paris, H. Labitte*, 1848, in-8, cartonné.

899. Catalogue de livres rares et précieux composant la première partie de la bibliothèque de M. J. Taylor. *Paris, Techener*, 1848, in-8, cart. non rogné.

900. Catalogue de la bibliothèque de M. Victor de Saint-M*** (Saint-Moris), composée d'un choix considérable de très beaux livres, etc., suivi d'un catalogue de belles estampes. *Paris, Potier, Defer*, 1848, in-8, demi-rel. v. bl. tête jaspée, non rogné.

Exemplaire avec la table des prix d'adjudication.

901. Catalogue des principaux livres de la bibliothèque de feu M. Villenave. *Paris, chez Chimot*, 1848. — Catalogue des principaux livres de feu M. Villenave. *Paris, Pourchet*, 1849. — Catalogue des collections d'autographes, de manuscrits, de pièces imprimées sur l'Histoire de France, et de livres composant le cabinet de feu M. Vil-

lenave. *Paris, Charavay et France,* 1850; 3 catalogues réunis en 1 vol. in-8, demi-rel. v. f. non rognés.

Quelques prix d'adjudication mis à l'encre.

902. Catalogue raisonné d'une collection de livres, pièces et documents, manuscrits et autographes relatifs aux arts..., réunie par M. J. Goddé. *Paris, Potier,* 1850, in-8, demi-rel. chag. vert, tr. jaspée.

Exemplaire avec les prix d'adjudication mis au crayon.

903. Catalogue des collections de feu M. Toussaint Grille, d'Angers. 1851, in-8, 2 planches, cart. non rogné.

904. Catalogue d'une jolie collection de livres composée des plus belles éditions... imprimées par les Elsevier. *Paris, L. Potier,* 1853, in-12 de 53 pp. cart. non rogné.

Bibliothèque du comte de Camerata (N.).

905. Catalogue d'une petite collection de livres rares et précieux provenant du cabinet de M. A. C. *Paris, Techener,* 1853. — Catalogue of the very celebrated collection of works of art, the property of S. Rogers. *Christie and Mauson,* 1859. Ensemble, 2 catal. réunis en 1 vol. in-8, demi-rel. mar. citr. non rogné.

906. Catalogue d'une précieuse collection de lettres, manuscrits, autographes, dessins et gravures composant actuellement la bibliothèque de M. A.-A. R. (Renouard). *Paris,* 1853. Ensemble, 5 part. réunies en 1 vol. in-8, demi-rel. veau f. tête jaspée, ébarbé.

On a ajouté à cet exemplaire : 1° le nouveau titre substitué au premier et une préface; 2° le Supplément du Catalogue de vente, pp. 369 à 379; 3° le Catalogue des dessins, estampes et livres à figures, 46 pp.; et la table des prix d'adjudication, 27 pp.

907. Catalogue des livres, estampes et dessins composant la bibliothèque et le cabinet de feu M. Ar.

Bertin. *Paris, Techener,* 1854, gr. in-8, demi-rel. chag. bl. non rogné, tête jaspée.

908. Catalogue d'un choix de livres rares et précieux provenant du cabinet de M. le comte *** (Lehon). *Paris, Techener,* 1854, plaq. in-8 de 43 pp. demi-rel. chag. la Vall.

Ex libris de M. Ch. Sauvageot.

909. Catalogue de la bibliothèque de feu M. Van den Zande. *Paris, Techener,* 1854, in-8, demi-rel. v. ant. tête jaspée, non rogné.

910. Catalogue des livres en partie rares et précieux composant la bibliothèque d'un amateur (M. L. T.) (Tripier). *Paris, L. Potier,* 1854, in-12, non rogné.

911. Catalogue des livres composant la bibliothèque artistique, archéologique, historique et littéraire de feu M. Raoul-Rochette. *Paris, J. Techener,* 1855, in-8, portr. cart. non rogné.

912. Catalogue de la bibliothèque de feu M. le baron Ch. de Vèze. *Paris,* 1855, in-8, cart. non rogné.

913. Catalogue d'une collection de livres et d'estampes concernant l'histoire de France..., provenant du cabinet de M. L. R. de L.... (Le Roux de Lincy). *Paris, Techener,* 1855, 2 part. — Appendice et tables au Catalogue des estampes historiques de M. L. R. de L. *Paris,* 1856. Ens. 3 part. réun. en 1 vol. in-8, demi-rel. chag. v. tête jaspée, non rogné.

914. Description bibliographique des livres choisis en tous genres composant la librairie J. Techener. *Paris,* 1855-58, 2 vol. in-8, br.

915. Catalogue de la bibliothèque de M. Gust. de B*** (Baer), livres rares et précieux. *Angers,* 1855, in-12, cart. tête jasp. non rogné.

916. Catalogue des livres composant la bibliothèque de feu M. Duchesne. *Paris*, *Jannet*, 1855, in-8, cart.

917. Catalogue des livres et estampes en partie relatifs à l'histoire de France composant la bibliothèque de feu M. le général Rebillot. *Paris, Potier*, 1856, in-8, 75 pp. cart. non rogné.

918. Catalogue des livres, dessins et estampes composant le cabinet de feu M. A.-P.-M. Gilbert, précédé d'une notice biographique par Dusevel, suivi d'appréciations sur la collection iconographique par Bonnardot. *Paris, Delion*, 1858, in-8, cart. non rogné.

919. Catalogue des livres composant la bibliothèque de feu M. J.-Fr. Boissonnade. *Paris*, *Benj. Duprat*, 1859, in-8, demi-rel. veau grenat, non rogné.

920. Catalogue des livres, manuscrits et imprimés composant la bibliothèque de M. Arm. Cicongne, précédé d'une notice bibliographique par M. Leroux de Lincy. *Paris*, *L. Potier*, 1861, gr. in-8, demi-rel. veau f. tête jasp. non rogné.

921. Catalogue des livres rares et précieux, imprimés et manuscrits, dessins et vignettes composant la bibliothèque de feu M. le comte de la Bédoyère. *Paris, L. Potier*, 1862, 2 tomes en 1 vol. in-8, demi-rel. veau gris, tête jaspée, non rogné.

Exemplaire avec la table alphabétique des noms d'auteur, précédée d'une notice par M. Jules Janin et suivie de la liste des prix d'adjudication.

922. Description historique et bibliographique de la collection de feu M. le comte H. de la Bédoyère, sur la révolution française, l'empire et la restauration, rédigée par France. *A Paris, chez France*, 1862, gr. in-8, portr. demi-rel. veau gris, tête jaspée, non rogné.

923. Catalogue des livres anciens et modernes com-

posant la bibliothèque de feu M. Emeric David, avec une notice bibliographique par P. L. Jacob, bibliophile (Paul Lacroix). *Paris, chez Techener,* 1862, in-8, demi-rel. chagr. r. non rogné, tête jaspée.

924. Catalogue de la bibliothèque de feu M. Arthur Dinaux. *Paris, Bachelin,* 1864, 4 part. en 2 vol. in-8, cart. non rognés.

925. Catalogue de manuscrits très précieux du XIIIe au XVIIIe siècles, ayant appartenu à Marguerite de Valois, Henri II, Louis XIII, Marie Leczinska, etc., le livre d'heures de Henri II et de Catherine de Médicis. *Paris,* 1864, plaq. in-8 de 36 pp. cart.

926. Catalogue raisonné des livres de la bibliothèque de M. Ambr. Firmin-Didot. *Paris,* 1867, in-8, br.

Tome premier : Livres avec figures sur bois. — Solennités. — Romans de chevalerie.

927. Catalogue des livres rares..., composant la bibliothèque de M. V. Luzarche. *Paris, Claudin,* 1862, 2 vol. in-8, br.

Exemplaire sur papier de Hollande.

928. Catalogue d'une importante collection de livres rares et de manuscrits précieux provenant en grande partie de feu M. le comte d'U.... (d'Ursel). *Paris, Sclhesinger,* 1868, in-8, cart. éb.

929. Catalogue d'une précieuse collection de livres anciens et modernes provenant du cabinet de M. Hochart. *Lille, Beghin,* — *Paris, Potier,* 1869. — Cabinet de feu M. Hochart. — Catalogue des estampes et portraits, la plupart des XVIe, XVIIe et XVIIIe siècles, comprenant environ 12,000 pièces. *Lille, Beghin,* — *Paris, Vignères,* 1869, 2 part. en 1 vol. in-8, cart. non rogné.

Le catalogue des livres a les prix d'adjudication au crayon.

930. Catalogue de la bibliothèque de feu M. le vicomte H.-A. du Bois de Beauchesne. *Paris*, 1874. — Catalogue d'une précieuse collection de livres de M. F. Cliquot, de Reims. *Paris*, 1843. Ens. 2 plaq. in-8, cart.

931. Catalogue de la bibliothèque romantique et des livres modernes de feu M. Ch. Asselineau. *Paris*, *Voisin*, 1874, in-8, cart. éb.

932. La Bibliothèque de J. Janin, par P. Lacroix. *Paris* (*Jouaust*), 1877, br. in-12 de 51 pp. 1 eau-forte.

Envoi autographe signé de l'auteur à M. Maherault.

933. Catalogues de livres de la librairie Aug. Fontaine, années 1872 (2e part.), 1873-74-75-77 et 1878-79. Ens. 6 vol. in-8 br.

934. Répertoire et Bulletins mensuels de la librairie Morgand et Fatout. *Paris*, 1876-78, 8 vol. ou br. in-8.

Il manque le numéro 7.

---

935. Manuel de l'amateur d'autographes, par P.-Jul. Fontaine. *Paris*, 1836, in-8, cart. éb.

936. Autographes de savants et d'artistes, de connus et d'inconnus, de vivants et de morts, mis aux vents, par Fr. Grille. *Paris, chez Ledoyen*, 1853, 2 tomes en 1 vol. in-12, cart. non rogné.

937. Inventaire des autographes et des documents historiques composant la collection de M. Benj. Fillon. *Et. Charavay, Me Baudry*, 1877, 3 fasc. in-4 br.

938. Réponse à une incroyable attaque de la Bibliothèque nationale touchant une lettre de Michel de Montaigne, par F. Feuillet de Conches. *Paris*, 1851, in-8, cart. non rogné.

Exemplaire SUR GRAND PAPIER DE HOLLANDE.

939. Les Autographes et le Goût des autographes en France et à l'étranger, portraits, caractères, anecdotes, curiosités, par M. de Lescure......, *Paris, J. Gay*, 1865, in-8, cart. non rog.

Tiré à 50 exemplaires.

940. L'Autographe, années 1864-65 et Évènements de 1870-71. Ens. 3 vol. in-4 oblong, cart. éb.

941. Succession de M. Alf. Sensier. — Collection de lettres autographes. *Ch. Pillet et Charavay, F. Naylor*, 1878, in-4, br.

---

942. Un Million de faits, aide-mémoire universel des sciences, des arts et des lettres, par J. Aycard, Desportes, L. Lalanne, etc., etc. *Paris, Dubochet*, 1842, in-12, demi-rel. v. f.

943. Indicateur du Mercure de France, 1672-1789, par J. Guigard. *Paris, Bachelin-Deflorenne*, 1869, in-8, cart. non rogné.

944. Revue britannique, revue internationale reproduisant les articles des meilleurs écrits périodiques de la Grande-Bretagne et de l'Amérique, complétée par des articles originaux, sous la direction de M. Am. Pichot. *Paris*, 1856 à 1879, 275 livr. in-8, plus 3 vol. de *tables* présentant le résumé des articles qui ont paru de 1825 à 1835 inclus.

Il nous manque dans l'année 1867 le numéro de décembre; 1870, manquent septembre à décembre; 1871, manquent les numéros de janvier et février; 1879, manquent juillet, août et septembre.

TABLE DES DIVISIONS.

Paris. — Typ. G. Chamerot, 19, rue des Saints-Pères. — 8726.

RED. :

19

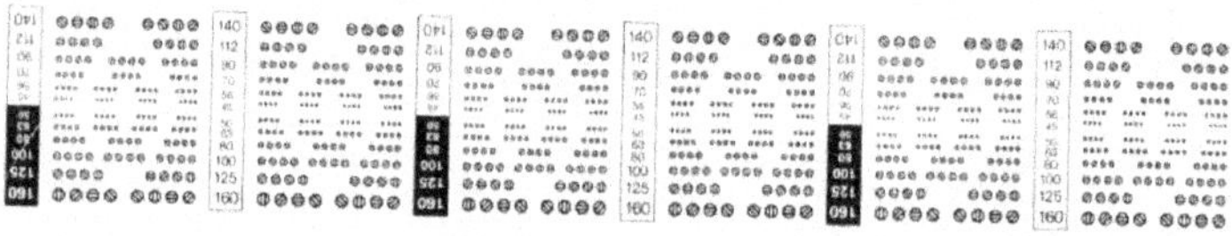

www.ingramcontent.com/pod-product-compliance
Lightning Source LLC
LaVergne TN
LVHW020318230826
846091LV00003B/725

* 9 7 8 2 3 2 9 2 3 7 1 4 5 *